四部要籍選刊·集部

文選

八

浙江大學出版社

本册目録（八）

卷四十六

序下

文選卷第四十一

梁昭明太子撰

文林郎守太子右内率府録事參軍事崇賢館直學士臣李善注上

書上

答蘇武書一首　李少卿

子卿足下蔡邕獨斷曰陛下者群臣與至尊言不敢指斥天子故呼在陛下者而告之因卑達尊之意也及群臣庶士相與言殿下閤下足下侍者執事之屬皆此類也勤宣令德策名清時左氏傳僖公二十三年狐突對晉惠公曰策名委質貳乃辟也策名謂君簡書臣之名清時謂昭帝之時榮問休暢幸甚幸甚小雅曰非分而得謂之幸遠託異國昔人所悲桓子新論雍門周鼓琴見孟嘗君曰先生鼓琴亦能令悲乎對曰所能令悲者遠赴絕國無相見期若此人者但聞飛鳥之號秋風蕭條則心傷矣望風懷想能不依依昔者不遺遠辱還答慰誨懃懃有踰骨肉陵雖不敏孝經曰參不敏能不慨然自從初降以至今日身之窮困獨坐愁苦終日無覩但見異類家語孔子曰舜之爲君暢於異類王肅曰異類四方夷狄也韋韝古豆切毳川芮切

幙以禦風雨羶肉酪漿以充飢渴說文曰韝臂衣也漢書董君綠幘傅韝注曰韝形如射韝以縛左右手以於事便也毳幙氈帳也烏孫公主歌曰肉爲食酪爲漿舉目言笑誰與爲歡胡地玄氷邊土慘裂說文曰慘毒也廣雅曰裂分也但聞悲風蕭條之聲涼秋九月塞外草衰夜不能寐側耳遠聽胡笳互動牧馬悲鳴杜摯笳賦序曰笳者李伯陽入西戎所作也傅玄笳賦序曰吹葉爲聲說文作葭毛詩曰騊駼牧馬吟嘯成群邊聲四起晨坐聽之不覺淚下嗟乎子卿陵獨何心能不悲哉與子別後益復無聊賈逵國語注曰聊賴也上念老母臨年被戮妻子無辜並爲鯨鯢左氏傳楚子曰古者明王伐不敬取其鯨鯢而封之以爲大戮杜預曰鯨鯢大魚名以喻不義之人吞食小國身負國恩爲世所悲背恩不報爲負恩也鄭玄禮記注曰負背也子歸受榮我

留受辱命也如何身出禮義之鄉而入無知之俗違弃
君親之恩長爲蠻夷之域傷已令先君之嗣先君謂其父當戶也
即廣之子更成戎狄之族又自悲矣功大罪小不蒙明察孤
負陵心區區之意每一念至忽然忘生陵不難刺七亦切
心以自明刎士粉切頸以見志顧國家於我已矣王逸注離騷曰
已矣絶望之辭也殺身無益適足增羞故每攘臂忍辱輒復苟活
孟子曰馮婦善搏虎攘臂下車衆皆悅之左右之人見陵如此以爲不入耳
之歡來相勸勉異方之樂秖音支令人悲增忉怛耳爾雅曰忉
憂也方言曰怛痛也嗟乎子卿人之相知貴相知心前書倉卒七忽
未盡所懷故復略而言之昔先帝授陵步卒五千先帝謂武

帝也出征絶域五將失道陵獨遇戰漢書武紀曰天漢二年將軍李廣利出酒泉公孫敖出西河騎都尉李陵將步卒五千出居延時無五將未審陵書之誤而武紀略之集表云臣以天漢二年到塞外尋被詔書責臣不進臣輒引師前到浚稽山五將失道詳此亦不云其名而裹萬里之糧師徒步之師出天漢之外入強胡之域漢書蕭何曰語天漢其稱甚美臣瓚按流俗語曰天漢其言常以漢配天此美名也以五千之衆對十萬之軍策疲乏之兵當新羈之馬說文曰羈馬絡頭也然猶斬將搴居展切旗追奔逐北史記曰斬將搴旗之士臣瓚按拔取曰搴商君書曰戰勝逐北服虔漢書注曰師敗曰北滅跡掃塵斬其梟帥張晏漢書注曰驍勇也若六愽之梟使三軍之士視死如歸呂氏春秋管仲謂齊侯曰平原廣域車不結軌士不旋踵鼓之使三軍之士視死如歸臣不如王子成父陵也不才希當大任呂氏春秋淳于髡曰臣不肖不足以當大任意

謂此時功難堪矣（説文作戡戡勝也此堪是地名今傳俗用）匈奴既敗舉國興師（劉兆穀梁注曰舉盡也）更練精兵强踰十萬單于臨陣親自合圍客主之形既不相如（而去切）步馬之勢又甚懸絶疲兵再戰一以當千然猶扶乘創（初良切）痛決命爭首（漢書曰陵與單于連戰士卒矢傷三創者載輦兩創者將車一創者持兵）死傷積野餘不滿百而皆扶病不任干戈然陵振臂一呼創病皆起舉刃指虜胡馬奔走兵盡矢窮人無尺鐵猶復徒首奮呼（火故切徒空也言空首奮擊无復甲冑）爭爲先登當此時也天地爲陵震怒戰士爲陵飲血（血即淚也燕丹子曰太子唏噓飲淚）單于謂陵不可復得便欲引還而賊臣教之遂便復戰（賊臣謂管敢也李陵傳云軍候管敢爲軍旅候被校

尉笞之五十乃亡入匈奴于時匈奴與陵戰至塞恐漢有伏兵欲引還敢曰漢無伏兵匈奴因大進新兵陵戰蘭于山漢軍敗弓矢並盡陵於是遂降故陵不免耳昔高皇帝以三十萬衆困於平城當此之時猛將如雲謀臣如雨然猶七日不食僅乃得免史記曰高祖自將擊韓王信遂至平城爲匈奴所圍七日不得食用陳平祕計始得免毛詩曰齊子歸止其從如雲又曰其從如雨何休公羊注曰僅纔也況當陵者豈易爲力哉而執事者云云謂漢朝執事之人也苟怨陵以不死然陵不死罪也子卿視陵豈偷生之士而惜死之人哉寧有背君親捐妻子而反爲利者乎然陵不死有所爲也故欲如前書之言報恩於國主耳李陵前與蘇子卿書云陵前爲子卿死之計所以然者冀其駈醜虜翻然南馳故且屈以求伸若將不死功成事立則將上報厚恩下顯祖考之明也誠以

虛死不如立節滅名不如報德也琴操曰重耳將自殺子曰申生虛死子復隨之昔范蠡不殉會稽之恥曹沫亡貝切不死三敗之辱卒子律切復勾踐之讎報魯國之羞史記曰吳王發精卒擊越敗之越王乃以餘兵五千人保棲於會稽勾踐令大夫種行成於吳吳王赦越勾踐自會稽七年撫循其士民吳王北會諸侯於黃池范蠡曰可矣乃發兵伐吳吳師敗乃請成於越後四年越復伐吳吳師敗吳王遂自殺又曰曹沫者魯人以勇力事魯莊公爲魯將與齊戰三戰三北莊公懼乃獻遂邑之地以和猶復以爲將齊桓公許與魯會于柯桓公與莊公既盟于壇上曹沫執匕首刼齊桓公桓公問曰子將何欲曹沫曰齊強魯弱而大國侵魯亦已甚矣今魯城壞壓境君其圖之桓公乃許盡還魯之侵地區區之心切慕此耳何圖志未立而怨已成計未從而骨肉受刑漢書曰公孫敖捕得生口言陵教單于爲兵以備漢於是陵家母弟妻子皆伏誅此陵所以仰天椎直追切心而泣

血也足下又云漢與功臣不薄子爲漢臣安得不云爾乎昔蕭樊囚縶韓彭葅醢史記曰相國蕭何爲民請曰長安地狹上林中多空弃地願令民得入田收藁爲獸食上大怒曰相國多受賈人財物乃請吾苑遂下廷尉械繫之又曰高祖病有人惡樊噲黨呂氏即曰上一日宮車晏駕則噲欲以兵盡誅戚氏趙王如意之屬高祖大怒乃使陳平載絳侯代將而即軍中斬噲陳平畏呂氏執噲詣長安又曰陳豨反韓信在長安欲應之事覺呂后使武士縛信斬於長安鍾室又曰彭越反高祖赦之遷處蜀道著青衣行至鄭逢呂后從長安來越泣曰願處故昌邑后許諾既至白上曰彭越壯士也今徙蜀自遺患不如誅之令其舍人告越反遂夷三族黥布傳薛公曰前年醢彭越往年殺韓信説文曰葅肉醬也鼂錯受戮周魏見辜鼂錯已見西征賦漢書曰周勃爲丞相十餘月上乃免丞相就國歲餘每河東尉守行縣至絳絳侯勃自畏恐誅常被甲令家人持兵以自衛其後人有上書告勃欲反下廷尉捕治之又曰竇嬰景帝時吴楚反拜嬰爲大將軍七國破封嬰爲魏其侯坐灌夫罵丞相

田蚡不敬遂論嬰弃市其餘佐命立功之士賈誼亞夫之徒皆信命世之才抱將相之具而受小人之讒並受禍敗之辱卒使懷才受謗能不得展彼二子之遐舉誰不爲之痛心哉左氏傳曰太上有立德其次有立功賈誼已見鵩鳥賦漢書曰周亞夫諫上不用因謝病免相亞夫子爲父買官尚方甲楯五百被召詣廷尉責問曰君侯欲反乎亞夫曰所買乃葬器也何謂反乎吏侵之益怒遂入廷尉不食五日歐血而死孟子曰千年一聖五百年一賢賢聖未出其中有命世者二子謂范蠡曹沬也言諸侯才能者被囚戮不如二子之能雪恥報功也陵先將軍功略蓋天地義勇冠三軍徒失貴臣之意剄身絕域之表此功臣義士所以負戟而長嘆者也何謂不薄哉先將軍謂李廣也貴臣謂衛青也漢書曰元狩四年大將軍衛青擊匈奴廣爲前將軍出塞捕虜知單于所居處乃自部精兵而令廣出東道東道迴遠廣辭曰臣

結髮而與匈奴戰願居前大將軍不聽廣意色慍怒引
兵出東道惑失道後大將軍大將軍因問失道狀欲上書
報天子廣未對大將軍長史急責廣廣謂其麾下曰結
髮與匈奴大小十餘戰今幸從大將軍出接單于兵而
大將軍令廣部行迴遠又迷失道豈非天哉且廣年六
十餘終不復對刀筆之吏遂引刀自剄音義鄭德曰以
刀割頸爲剄姑鼎切且足下昔以單車之使適萬乘之虜遭時不
遇至於伏劒不顧流離辛苦幾巨依切死朔北之野漢書曰漢
遣蘇武以中郎將持節送匈奴使留在漢者匈奴方欲
使送武會匈奴緱王長水虞常反匈奴中常以告武副
使張勝勝許以貨物與常一人夜亡告之緱王等死虞
常生得匈奴使衛律治其事張勝以告武武曰事如此
必及我衛律召武受辭武謂惠等屈節辱身雖生何面
目以歸漢引佩刀以自刺衛律驚自抱持武武氣絶半
日復息乃徙武北海上無人處丁年奉使皓首而歸丁年謂丁壯之年
也漢書曰武留匈
奴凡十九歲始以強
壯出及還鬚髮並白老母終堂生妻去帷漢書陵謂武
曰陵來時太

夫人已不幸陵送至陽陵子卿婦年少聞以更嫁此天下所希聞古今所未有也蠻貊之人尚猶嘉子之節況爲天下之主乎陵謂足下當享茅土之薦受千乘之賞尚書緯曰天子社東方青南方赤西方白北方黑上冒以黄土將封諸侯各取方土苴以白茅以爲社論語曰道千乘之國漢書曰兵車千乘諸侯之大者聞子之歸賜不過二百萬位不過典屬國漢書元始六年武至京師拜爲典屬國秩中二千石賜錢二百萬無尺土之封加子之勤而妨功害能之臣盡爲萬户侯親戚貪佞之類悉爲廊廟宰子尚如此陵復何望哉且漢厚誅陵以不死薄賞子以守節欲使遠聽之臣望風馳命此實難矣所以每顧而不悔者也陵雖孤恩漢亦負德言陵無功以報漢爲孤恩漢戮陵母爲負德論語曰德不

孤必有鄰昔人有言雖忠不烈視死如歸陵誠能安言陵忠誠能安於死事而主豈復能眷眷乎男兒生以不成名死則葬蠻夷中誰復能屈身稽顙還向北闕使刀筆之吏弄其文墨邪史記張釋之曰秦任刀筆之吏又功臣曰蕭何徒持文墨顯居臣上願足下勿復望陵嗟乎子卿夫復何言相去萬里人絶路殊生爲別世之人死爲異域之鬼長與足下生死辭矣幸謝故人故人謂任立政大將軍霍光上官桀等勉事聖君足下胤子無恙漢書曰武在匈奴時胡婦生子名通國楚辭曰賴皇天之厚德兮還及君之無恙勿以爲念努力自愛老子曰聖人自愛時因北風復惠德音李陵頓首

報任少卿書一首

司馬子長 漢書曰遷既被刑之後爲中書令尊寵任職故人益州刺史任安乃與書責以進賢之義遷報之遷死後其書稍出史記曰任安滎陽人爲衛將軍後爲益州刺史

太史公牛馬走 太史公遷父談也走猶僕也言己爲太史公掌牛馬之僕自謙之辭也 司馬遷再拜言少卿足下 如淳曰少卿任安字也 曩者辱賜書教以順於接物推賢進士爲務 禮記曰儒有推賢而進 意氣懃懃懇懇 懃懃懇懇忠款之皃也 若望僕不相師而用流俗人之言僕非敢如此也 蘇林曰而猶如也禮記曰不從流俗鄭玄曰流俗失俗也 僕雖罷駑亦嘗側聞長者之遺風矣 側聞謙辭也列子曰吾側聞之禮記曰與長者坐必異席 顧自以爲身殘處穢動而見尤 言舉動必爲人之所尤過也 欲益反損是以

獨鬱悒而與誰語鬱悒不通也楚辭曰獨鬱結其誰語諺曰誰爲爲之孰令聽之誰爲猶爲誰也言己假欲爲善當爲誰爲之乎復欲誰聽之乎蓋鍾子期死伯牙終身不復鼓琴呂氏春秋曰伯牙鼓琴意在太山鍾子期曰善哉巍巍若太山俄而志在流水子期曰善哉湯湯乎若流水子期死伯牙破琴絶絃終身不復鼓琴以爲世無賞音者何則士爲知己者用女爲說己者容戰國策曰晉陽之孫豫讓事知伯知伯寵之及趙襄子殺知伯豫讓逃山中曰嗟乎士爲知己者用女爲悅己者容吾其報智氏矣若僕大質已虧缺矣雖才懷隨和行若由夷隋隋侯珠也和和氏璧也由許由也夷伯夷也終不可以爲榮適足以見笑而自點耳書辭宜荅點辱也往前與我書書宜應荅但有事故不獲荅會東從上來又迫賤事服虔曰從武帝還孟康曰卑賤之事若煩務也如淳曰遷爲中書令任職常知中書時偶有賊盜之事晉灼曰賤事家之私事也相見

日淺卒卒無須臾之間文穎曰卒卒促遽之意也間隙也得竭至意今少卿抱不測之罪涉旬月迫季冬如淳曰平居時不肯報其書今安有不測之罪在獄故報往日書欲使其恕以度己也僕又薄從上雍恐卒然不可爲諱李奇曰薄迫也迫當從行善曰難言其死故云不可諱是僕終已不得舒憤懣以曉左右廣雅曰懣悶也楚辭曰惟煩悶以盈匈則長逝者魂魄私恨無窮謂任安恨不見報也請略陳固陋闕然久不報幸勿爲過僕聞之脩身者智之符也符信也愛施者仁之端也取與者義之表也恥辱者勇之決也勇士當於此而果決之立名者行之極也凡人能立志者行中之最極也士有此五者然後可以託於世而列於君子之林矣故禍莫憯於欲利悲莫痛於傷心所可憯者

惟欲之與利爲禍之極也所可痛者唯傷心之事而可爲悲也行莫醜於辱先詬莫大於宮刑醜穢也先謂祖也詬音垢應劭曰詬恥也說文詬或作詢火逅切禮記儒行曰妄常以儒相詬病左氏傳宋元公曰余不忍其詬尋此二書其訓頗同刑餘之人無所比數非一世也所從來遠矣昔衛靈公與雍渠同載孔子適陳家語曰孔子居衛月餘靈公與夫人同車出令宦者雍渠參乘使孔子爲次乘遊過市孔子曰吾未見好德如好色於是恥之去衛過曹此言孔子適陳未詳商鞅因景監見趙良寒心史記商君謂趙良曰我化秦孰與五羖大夫賢趙良曰五羖大夫荆之鄙人也繆公知其賢舉之牛口之下加之百姓之上今君之見秦王也因嬖人景監以爲主非所以爲名也又趙高謂李斯曰釋此不從禍及子孫足爲寒心也同子參乘袁絲變色蘇林曰趙談也與遷父同諱故曰同子漢書曰上朝東宮趙談參乘袁絲伏車前曰臣聞天子所與共六尺輿者皆天下豪英今漢雖乏人陛下獨奈何與刀鋸餘同載於是上笑下趙

談

自古而恥之夫以中才之人事有關於宦豎莫不傷
氣而況於慷慨之士乎如今朝廷雖乏人奈何令刀鋸
之餘薦天下豪俊哉史記履貂曰臣刀鋸之餘不敢二心僕賴先人緒業
廣雅曰緒末也司馬彪莊子注曰緒餘也得待罪輦轂下二十餘年矣所以
自惟上之不能納忠効信有奇策才力之譽自結明主
次之又不能拾遺補闕招賢進能顯巖穴之士外之又
不能備行伍攻城野戰有斬將搴旗之功下之不能積
日累勞取尊官厚祿以爲宗族交遊光寵四者無一遂
苟合取容無所短長之効可見如此矣上之四事無一遂假欲苟合取
容亦無其所也史記蔡澤曰吳起言不苟合行不苟容鄉者僕常廁下大夫之列

陪外廷末議臣瓚曰太史令千石故下大夫也外廷即今僕射外朝也不以此時引維綱盡思慮今以虧形爲掃除之隸在闒茸之中闒茸猥賤也茸細毛也張揖訓詁以爲闒獰劣也呂忱字林曰闒茸不肖也乃欲仰首伸眉論列是非不亦輕朝廷羞當世之士邪嗟乎嗟乎如僕尚何言哉尚何言哉且事本末未易明也僕少負不羈之行長無鄉曲之譽不羈言材質高遠不可羈繫也燕丹子夏扶曰士無鄉曲之譽未可以論行也主上幸以先人之故使得奏薄伎服虔曰薄伎薄才也出入周衛之中周衛言宿衛周密也韋昭曰天子有宿衛之官僕以爲戴盆何以望天言人戴盆則不得望天望天則不得戴盆事不可兼施言己方一心營職不假修人事也故絶賓客之知亡室家之業日夜思竭其不肖之才力禮記曰某之子不肖應劭

（風俗通曰生子不似父母曰不肖）務一心營職以求親媚於主上（毛詩曰藹藹多士媚于天子）而事乃有大謬不然者夫（夫語助也論語子曰有是夫）僕與李陵俱居門下素非能相善也趣舍異路（太公六韜曰夫人皆有性趣舍不同顏師古曰趣所向也舍所廢也）未嘗銜盃酒接慇懃之餘懽然僕觀其爲人自守奇士事親孝與士信臨財廉取與義分別有讓恭儉下人常思奮不顧身以徇國家之急（顏師古曰徇從也營也）其素所蓄積也（言其意中舊所蓄積也）僕以爲有國士之風（一國之中推而爲士）夫人臣出萬死不顧一生之計赴公家之難斯以奇矣（新序昭奚恤曰使皆赴湯火蹈白刃出萬死不顧一生司馬子反在此）今舉事一不當而全軀保妻子之臣隨而媒孽其短（鄭玄周禮注曰舉猶

行也臣瓚以爲媒謂䶵合會之蘖謂生其罪釁也僕誠私心痛之且李陵提步卒不滿五千有五千言不滿者痛之甚也深踐戎馬之地足歷王庭胡地出馬故曰戎馬單于所居之處號曰王庭垂餌音二虎口橫挑彊胡仰億萬之師說文曰挑相呼也李奇曰挑身獨戰不湏衆挑茶弔切臣瓚曰挑挑敵求戰也古謂之致師北地高故曰仰與單于連戰十有餘日所殺過平聲半當虜救死扶傷不給顔野王決曰所殺過半當言陵軍殺已過半給供給也旃裘之君長咸震怖旃裘謂匈奴所服也故言旃裘之君乃悉徵其左右賢王舉引弓之人漢書曰匈奴至冒頓最強大置左右賢王以其善射故曰引弓之人一國共攻而圍之轉鬭千里矢盡道窮救兵不至士卒死傷如積子智切然陵一呼勞軍士無不起躬自流涕沬血飲泣更張空拳孟康曰沬

音頮。善曰：頮，古沬字。言流血在面，如盥頮也。說文曰：頮，洗面也。李登聲類云：拳或作捲。此言兵已盡，但張空拳以擊耳。桓寬鹽鐵論曰：陳勝無將帥之兵，師旅之衆，奮空捲而破百萬之軍。何晏白起故事：白起雖坑趙卒，向使預知必死，則前驅空捲猶可畏也，況三十萬被堅執銳乎？顔師古曰：讀爲拳者，謬矣。拳則屈指，不當言張。陵時矢盡，故張弩之空弓，非手拳也。李奇曰：拳者，弩弓也。冒白刃，北嚮爭死敵者。陵未沒時，使有來報，史記曰：陵至浚稽山，使麾下騎陳步樂還以聞。步樂召見，道陵將得士死力，上甚悅之。漢公卿王侯皆奉觴上壽。後數史柱切日，陵敗書聞，主上爲之食不甘味，聽朝不怡。大臣憂懼，不知所出。僕竊不自料其卑賤，見主上慘愴怛都割切悼，誠欲效其款款之愚，款款，忠實之皃。以爲李陵素與士大夫絶甘分少，孝經援神契曰：母之於子，絶少分甘。宋均曰：少則自絶，甘則分之。能得人死力，雖古之名將不能過也身雖陷敗彼觀其意且欲得其當而報於漢張晏曰欲得相當也言欲立効以當罪而報漢恩事已無可奈何其所摧敗功亦足以暴蒲沃切於天下矣謂摧破匈奴之兵其功足暴露見於天下僕懷欲陳之而未有路適會召問即以此指推言陵之功欲以廣主上之意塞睚魚解切眦柴懈切之辭言欲廣主上之意及塞群臣睚眦之辭未能盡明明主不曉以為僕沮貳師而為李陵遊說遂下於理漢書曰初上遣貳師李廣利出令陵為助兵及陵與單于相值而貳師少功上以遷誣罔欲沮貳師而為陵遊說下遷腐刑鄭玄禮記注曰理治獄官也拳拳之忠終不能自列禮記子曰回得一善拳拳不失之矣鄭玄曰拳拳捧持之皃說文曰列分解也因為誣上卒從吏議言衆吏議以為誣上家貧貨賂不足以自贖交

遊莫救左右親近不爲一言身非木石獨與法吏爲伍深幽囹圄之中誰可告愬者此真少卿所親見僕行事豈不然乎李陵既生降隤其家聲蘇林曰家世爲將有名陵降而隤之也顏師古曰隤墜也而僕又佴之蠶室如淳曰佴次也若人相次也人志切今諸本作茸字蘇林注景紀曰作窯室廣大如蠶室故言下蠶室衛宏漢儀以爲置蠶宮令承諸法云詣蠶室與罪人從事主天下室者屬少府顏監云茸推也人勇切推置蠶室之中重爲天下觀笑悲夫悲夫事未易一二爲俗人言也僕之先非有剖符丹書之功漢書曰漢初功臣剖符世爵又曰論功而定封誥於是申以丹書之信重以白馬之盟文史星厤近乎卜祝之間固主上所戲弄倡優所畜流俗之所輕也説文曰倡樂也左氏傳曰鮑氏之圉人爲優杜預曰俳優也假令僕伏法受誅若九

牛亡一毛與螻蟻何以異螻螻蛄也蟻蚍蜉也皆虫之微者故以自喻而世又不與能死節者與如也言時人以我之死又不如能死節者言死無益也特以爲智窮罪極不能自免卒就死耳何也素所自樹立使然也人固有一死或重於太山或輕於鴻毛用之所趨異也燕丹子荆軻謂太子曰烈士之節死有重於太山有輕於鴻毛者但問用之所在耳太上不辱先其次不辱身其次不辱理色理道理也色顔色也其次不辱辭令辭謂言辭令謂教令其次詘體受辱詘體謂被縲繫其次易服受辱易服謂著赭衣其次關木索被箠楚受辱漢書曰箠長五尺説文曰棰以杖擊也箠與棰同以之笞人同謂之箠楚箠楚皆杖木之名也其次剔毛髮嬰金鐵受辱謂髡鉗也其次毀肌膚斷肢體受辱謂肉刑也最下腐刑極矣蘇林曰宮刑腐

臭故曰腐刑傳曰刑不上大夫此言士節不可不勉勵也禮記文也東方朔別傳武帝問曰刑不上大夫何朔曰刑者所以止暴亂誅不義也大夫者天下表儀萬人法則所以共承宗廟而安社稷也猛虎在深山百獸震恐及在檻穽之中搖尾而求食積威約之漸也周禮注曰穽地爲塹所以御禽獸其或超踰則陷焉尚書曰杜乃擭斂乃穽言威爲人制約漸積至此故有畫地爲牢勢不可入削木爲吏議不可對定計於鮮平聲也臣瓚曰以爲患吏刻暴雖以木爲吏期於不對此疾苛吏之辭也文穎曰未遇刑自殺爲鮮明也今交手足受木索暴肌膚受榜箠幽於圜牆之中廣雅曰榜擊也圜牆獄也周禮曰以圜土教罷民當此之時見獄吏則頭槍七良切地視徒隸則正惕息何者積威約之勢也及以至是言不辱者所謂強顏耳曷足貴乎

且西伯伯也拘於羑里史記曰季歷卒子昌立是爲西
伯西伯文王也崇侯虎譖西伯
於殷紂曰西伯積善累德諸侯皆嚮之將不利於帝紂乃
囚西伯於羑里王制曰九州之長曰伯注曰伯長也
李斯相也具于五刑史記曰李斯楚上蔡人也從荀卿
學帝王之術入秦秦卒用其計二
十餘年竟并天下以斯爲丞相二世立以郎中趙高之
譖乃具斯五刑腰斬咸陽漢書刑法志曰漢興之初其
大辟尚有夷三族之令曰當三族者皆先劓斬左右趾
笞殺之梟其首葅其骨肉於市其誹謗詈詛者又斷舌
故言具具
謂五刑也淮陰王也受械於陳漢書曰韓信爲楚王都
下邳信因行縣邑陳兵
出入人有變告信欲反上聞患之用陳平謀僞遊雲夢
信謁上於陳高祖令武士縛信載後車信曰果若人言
狡兔死良狗烹上曰人告公反遂械信至洛陽
赦以爲淮陰侯陳楚之西界也械謂桎梏也彭越張
敖南面稱孤繫獄抵罪史記曰高帝立彭越爲梁王梁
王稱疾上使使掩捕梁王囚之
洛陽漢書曰趙王張耳高祖五年薨子敖嗣立尚高祖
長女魯元公主七年高祖從平城過趙趙王旦暮自上

食禮甚卑有子壻之禮高祖箕踞罵詈甚慢之趙相貫高趙午說敖曰天下豪傑並起能者先立今王事皇帝甚恭皇帝遇王無禮請爲殺之八年上從東垣過貫高等乃壁人柏人要之置廁上過欲宿心動問縣名爲何曰柏人上曰柏人者迫於人遂去貫高怨家知其謀反告之於是逮捕趙王諸反者趙午十餘人皆自剄貫高獨怒罵曰誰令公等爲之今王實無反謀檻車與詣長安高下獄曰吾屬爲之王不知也　絳侯誅諸呂權傾五伯因於請室史記曰絳侯周勃與陳平謀誅諸呂而立孝文後勃被囚已見李陵荅蘇武書漢書音義如淳曰請室請罪之室若今之鍾下也　魏其大將也衣赭衣關三木三木在項及手足也魏其侯已見李陵荅蘇武書周禮曰上罪梏拲而桎應劭漢書注曰在手曰梏兩手同械曰拲在足曰桎韋昭曰桎兩手合也梏音告拲音拱桎之栗切　季布爲朱家鉗奴漢書曰季布楚人也爲任俠有名項籍使將兵數窘漢王項籍滅高祖購求布千金敢舍匿者罪三族布匿於濮陽周氏周氏曰漢求將軍急臣敢進計布許之乃髠鉗布衣褐致廣柳車中與其家僮數十人之魯朱

家賣之朱家心知季布也買置田舍乃之洛陽見汝陰滕公説曰季布何罪臣各爲其主耳君何不從容爲上言之滕公許諾侍閒果言如朱家旨上乃赦布召見謝拜郎中

灌夫受辱於居室

漢書灌夫字仲孺潁陰人也爲太僕時坐與衛尉竇甫飲輕重不得從爲燕相及竇嬰失勢兩人相爲引重夫過丞相田蚡蚡曰吾欲與仲孺過魏其侯會孺有服夫曰將軍迺肯幸臨夫安敢以服爲解請語魏其帳具將軍旦日蚤臨之蚡許諾夫以語嬰嬰益牛酒夜洒掃帳具自旦候伺至日中蚡不來夫不懌夫乃自往迎之蚡尚卧駕往又徐行夫益怒遂以爲隙元光四年蚡取燕王女爲夫人太后詔曰列侯宗室皆往賀嬰爲壽夫行酒至蚡蚡半膝席曰不能滿觴夫怒乃嘻言曰將軍貴人也畢之時蚡不肯行酒次至臨汝侯灌賢方與程不識耳語又不避席夫無所發怒乃罵賢曰生毀程不識不直一錢今日長者爲壽乃効兒女曹呫囁耳語蚡謂夫曰今衆辱程將軍仲孺獨不爲李將軍地乎夫曰今日斬頭穴胷何知程李乎乃起蚡遂怒曰此吾驕灌夫罪也籍福起爲謝按夫項令謝夫愈怒不肯謝蚡乃麾騎縛夫置傳舍長史曰今日召宗室有詔劾灌夫罵坐不敬繫於居室

如淳曰百官表居室爲保宮今守宮也　此人皆身至王侯將相聲聞鄰國及罪至罔加不能引決自裁在塵埃之中古今一體安在其不辱也由此言之勇怯勢也強弱形也審矣何足怪乎孫子兵法曰治亂數也勇怯勢也強弱形也　夫人不能早自裁繩墨之外以稍陵遲至於鞭箠之閒乃欲引節斯不亦遠乎古人所以重施刑於大夫者殆爲此也夫人情莫不貪生惡死念父母顧妻子至激於義理者不然乃有所不得已也言激於義理者則不念父母顧妻子也　今僕不幸早失父母無兄弟之親獨身孤立少卿視僕於妻子何如哉言己輕妻子故反問之　且勇者不必死節言勇烈之人不必死於名節也造次自裁耳　怯夫慕義何

處不勉焉言怯夫慕義以自立名何處不勉於死哉言皆勉勵自殺僕雖怯懦欲苟活亦頗識去就之分矣何至自沈溺縲紲之辱哉孔安國曰縲紲墨索也紲攣也所以拘罪人且夫臧獲婢妾晉灼曰臧獲敗敵所破虜爲奴隸韋昭曰羌人以婢爲妻生子曰獲奴以善人爲妻生子曰臧荆楊海岱淮齊之閒罵奴曰獲齊之北鄙燕之北郊凡人男而歸婢謂之臧女而歸奴謂之獲皆異方罵奴婢之醜稱也由能引決況僕之不得已乎所以隱忍苟活幽於糞土之中而不辭者恨私心有所不盡鄙陋沒世而文彩不表於後世也論語曰君子疾沒世而名不稱古者富貴而名摩滅不可勝記唯倜儻非常之人稱焉廣雅曰俶儻卓異也蓋文王拘而演周易周易曰易之興也當文王與紂之事邪又曰作易者其有憂患邪史記本紀曰崇侯譖西伯於殷紂曰西伯積善累德諸侯皆向之將有不利於帝

紂乃囚西伯於羑里西伯演易之八卦爲六十四地理志曰河内湯陰有羑里城西伯所拘韋昭曰羑音酉蒼頡篇曰演引之也

仲尼厄而作春秋史記孔子曰吾道不行矣何以自見於後世哉乃約魯史而作春秋

屈原放逐乃賦離騷史記曰屈原名平楚之同姓爲楚懷王左司徒博文強志敏於辭令王甚任之上官大夫與之同列心害其能懷王使原爲憲令原草槀未定上官大夫見而欲奪之不與因讒之曰王使屈原爲令衆莫不知每令出平伐其功以爲非我莫爲王也王怒而疏之平病聽之不聰作離騷經

左丘失明厥有國語漢書曰國語左丘明著失明未詳

孫子臏脚兵法脩列史記曰孫臏與龐涓俱學兵法涓事魏惠王自以爲能不及臏乃陰使人召臏臏至涓恐其賢於己則以法刑斷其兩足而黥之欲隱勿見齊使者田忌善客待之於是田忌進孫子於威王威王問兵法而師之其後魏伐趙趙急請救於齊齊威王欲將臏臏曰刑餘之人不可於是乃以田忌爲將而孫子爲師居輜重中主爲計謀田忌從之魏果去邯鄲與齊戰於桂陵大破魏軍

不韋遷蜀世傳

呂覽 史記曰呂不韋大賈人也莊襄王即位三年薨太子正立爲王尊不韋爲相國號仲父當是時魏有信陵楚有春申趙有平原齊有孟嘗皆下士喜賓以相傾呂不韋以秦之強大招士厚遇之乃致食客三千人是時諸侯多辯士如荀卿之徒著書布於天下不韋乃使其客人人著所聞集論爲八覽十二紀三十餘萬言以爲備天下之物古今之事號曰呂氏春秋布咸陽市門懸千金其上延諸侯遊士賓客有能增損一字與千金及始皇帝壯太后通不韋恐禍及己私求嫪毐爲舍人詐令以腐罪告之遂得侍太后與太后通九年人有告嫪毐實非宦者下吏治之得情實事連相國秦王恐其爲變乃賜不韋書曰君何功於秦秦封君河南食十萬戸君何親於秦號稱仲父後與家屬徙處蜀飲鴆而死

韓非因秦說難孤憤 史記曰韓非者韓之公子也見韓稍弱以書諫王王不能用非心廉直不容於邪枉之臣觀往者得失之變故作孤憤五蠹說難十餘萬言秦王見孤憤五蠹之書曰嗟乎寡人得見此人與游死不恨矣李斯曰此韓非所著書秦因急攻韓韓乃遣非使秦秦王悅之未信用李斯姚賈毀之曰韓非韓之諸公子也今王欲并諸侯非終爲韓不爲秦

此人情也今王不用又留而歸之此自遺患也不如以過法誅之秦王爲然下吏治非李斯使人遺藥使自殺韓非欲自陳不得見秦王後悔之使人赦而非已死矣説難孤憤韓子之篇名也　詩三百篇大氐聖賢發憤之所爲于僞切作也論語曰詩三百孔安國曰篇之大數也爾雅曰氐致也郭璞曰音怡此人皆意有鬱結不得通其道故述往事思來者言故述往前行事思令將來人知己之志乃如左丘無目孫子斷足終不可用退而論書策以舒其憤思垂空文以自見空文謂文章也自見己情僕竊不遜近自託於無能之辭論語子曰唯女子與小人爲難養也近之則不孫網羅天下放失舊聞略考其行事綜其終始稽其成敗興壞之紀上計軒轅下至于茲爲十表本紀十二書八章世家三十列傳七十凡百三十篇亦欲以

究天人之際，通古今之變，成一家之言。草創未就，會遭此禍，惜其不成，已就極刑而無慍色。僕誠以著此書，藏諸名山，傳之其人通邑大都，其人謂與己同志者則僕償前辱之責，雖萬被戮，豈有悔哉！然此可爲智者道，難爲俗人言也。且負下未易居，負累之下未易可居。論語曰君子惡居下流而訕上者也。下流多謗議。僕以口語遇此禍，重爲鄉黨所笑，以汙烏臥切辱先人，亦何面目復上父母丘墓乎？雖累百世，垢彌甚耳！是以腸一日而九迴，居則忽忽若有所亡，出則不知其所往。莊子魯哀公問仲尼曰衛有惡人焉曰哀駘他去寡人而行寡人恤焉若有亡也庚桑子曰吾聞至人尸居環堵之室不知所如往每念斯恥，汗未嘗不發背沾衣也。身直爲閭閻之臣寧得自引於深藏岩穴邪故且從俗浮沈與時俯仰以通其狂惑鶡子曰吾聞之於政也知善不行者謂之狂知惡不改者謂之惑夫狂與惑者聖人之戒也今少卿乃教以推賢進士無乃與僕私心刺力劌切謬乎今雖欲自雕琢曼辭以自飾如淳曰曼美也戰國策蘇秦曰夫從人飾辯曼辭高主之節行曼又音萬無益於俗不信適足取辱耳要之死日然後是非乃定書不能悉意略陳固陋謹再拜

報孫會宗書一首

楊子幼漢書楊惲字子幼華陰人以才能稱譽爲常侍騎與太僕戴長樂相失坐事免爲庶人惲見已失爵位遂即歸家閑居自治產業起室以財自娛歲餘友人安定太守西河孫會宗與惲書誡諫之言大臣廢退當杜門惶懼爲可憐之意不當治

產業通賓客有稱舉惲乃作此書報之

惲材朽行穢文質無所底論語曰文質彬彬然後君子包氏曰彬彬文質相半之皃也底致也幸賴先人餘業得備宿衛遭遇時變以獲爵位漢書曰霍氏謀反惲先聞知霍氏伏誅惲封爲平通侯終非其任卒與禍會足下哀其愚矇賜書教督以所不及爾雅曰督正也慇懃甚厚然竊恨足下不深惟其終始而猥隨俗之毀譽也猥猶曲也言鄙陋之愚心則若逆指而文過言逆會宗之指自文飾己之過論語子曰小人之過也必文孔安國曰文飾其過不言實也默而自守恐違孔氏各言爾志之義論語曰顏淵季路侍子曰盍各言爾志故敢略陳其愚惟君子察焉惲家方隆盛時乘朱輪者十人二千石皆得乘朱輪位在列卿爵爲通

侯揔領從官應劭曰舊曰徹侯避武帝諱故爲通言其功德通於王室也從天子侍從官也與聞政事曾不能以此時有所建明以宣德化又不能與群僚并力陪輔朝廷之遺忘已負竊位素飡之責久矣論語子曰臧文仲其竊位者歟知柳下惠之賢而不與立毛詩曰彼君子兮不素飡兮懷祿貪勢不能自退曾子曰君子不安貴位不懷厚祿遂遭變故横被口語身幽北闕妻子滿獄口語即戴長樂所告也如淳漢書注曰上章者於公車有不如法者以付北軍尉北軍尉以法罰之楊惲上書遂幽北闕公車門所在也當此之時自以夷滅不足以塞責史記司馬欣謂章邯曰趙高欲以法誅將軍塞責豈得全其首領復奉先人之丘墓乎左氏傳宋公曰若以大夫之靈得保首領以沒于地伏惟聖主之恩不可勝量君子遊道樂以忘憂史記曰陳平遊道曰廣論語曰樂以忘憂

小人全軀說以忘罪楚辭曰與波上下偷以全吾軀乎竊自念過已大矣行已虧矣長爲農夫以沒世矣是故身率妻子勠力耕桑國語曰勠力一心灌園治產以給公上蘇林漢書注曰充縣官之賦歛不意當復用此爲譏議也夫人情所不能止者聖人弗禁故君父至尊親送其終也有時而既終謂終沒也既盡也張晏漢書注曰喪不過三年臣見放逐降居三月復初臣之得罪已三年矣田家作苦歲時伏臘漢書曰秦繆公作伏祠孟康曰六月伏日也風俗通禮傳曰夏曰嘉平殷曰清祀周曰大蜡故改爲臘亨羊炰羔斗酒自勞家本秦也能爲秦聲婦趙女也雅善鼓琴奴婢歌者數人酒後耳熱仰天撫缶而呼嗚嗚應劭漢書注曰缶瓦器也秦人擊之以節歌李斯上書曰擊甕叩缶而呼嗚嗚快耳者真秦聲也其

詩曰田彼南山蕪穢不治種一頃豆落而爲萁張晏漢書注曰山高在陽人君之象也蕪穢不治朝廷荒亂也一頃百畝以喻百官也言豆者貞直之物零落在野喻己見放弃也其曲而不直言朝臣皆諂諛也臣瓚按田彼南山蕪穢不治言於王朝而遇民亂也種一頃豆落而爲萁雖盡忠効節徒勞而無獲也人生行樂耳須富貴何時是日也拂衣而喜奮袖低昂頓足起舞誠滛荒無度不知其不可也惲幸有餘禄方糴賤販貴逐什一之利什一謂十中之一也尚書大傳曰王者十一而稅此賈豎之事汙烏卧切辱之處惲親行之下流之人衆毀所歸言處下流爲衆惡毀所舉不寒而慄雖雅知惲者猶隨風而靡尚何稱譽之有楚辭曰丗從容而變化隨風靡而成行董生不云乎明明求仁義常恐不能化民者卿大夫之意也明明

求財利常恐困乏者庶人之事也漢書董仲舒對策曰夫皇皇求財利常恐匱乏者庶人之意也皇皇求仁義常恐不能化人者大夫之意也故道不同不相爲謀今子尚安得以卿大夫之制而責僕哉論語曰道不同不相爲謀言今我親行賈豎之事安得責我卿大夫之制乎夫西河魏土文侯所興有段干木田子方之遺風史記李克謂翟璜曰魏成子東得子夏田子方段干木此三人者君皆師之稟然皆有節槩知去就之分頃者足下離舊土謂去西河臨安定安定山谷之間昆夷舊壤毛詩曰文王西有昆夷之患北有玁狁之難鄭玄曰昆夷西戎也子弟貪鄙豈習俗之移人哉言豈隨懷安貪鄙之俗而移人之本性者哉於今乃睹子之志矣方當盛漢之隆願勉旃無多談

論盛孝章書一首

孔文舉 與魏太祖虞預會稽典録曰盛憲字孝章器量雅偉舉孝廉補尚書郎遷吳郡太守以疾去官孫策平定吳會誅其英豪憲素有名策深忌之初憲與少府孔融善憂其不免禍乃與曹公書由是徵爲都尉詔命未至果爲權所害子匡奔魏位至征東司馬

歲月不居時節如流國語文姜曰日月不居人誰不安傳毅詩曰徂年如流尠茲暇日五十之年忽焉已至公爲始滿融又過二公謂曹操言公年始滿五十融過於二歲也海内知識零落殆盡惟有會稽盛孝章尚存其人困於孫氏妻孥湮没孫氏已見上文毛詩曰樂尔妻孥孔安國尚書大傳曰孥子也單孑獨立孤危愁苦若使憂能傷人此子不得永年

矣春秋傳曰諸侯有相滅亡者桓公不能救則桓公恥之公羊傳曰邢亡孰亡之蓋狄滅也曷爲不言蓋狄滅之爲桓公諱也曷爲爲桓公諱上無天子下無方伯天下諸侯有相滅亡者桓公不能救則桓公恥之今孝章實丈夫之雄也天下談士依以揚聲而身不免於幽縶命不期於旦夕吾祖不當復論損益之友而朱穆所以絕交也論語子曰益者三友損者三友吾祖即謂孔子也後漢朱穆感世澆薄莫尚敦厚著絕交論以矯之公誠能馳一介之使加咫尺之書左氏傳晉行人子員對鄭王子伯駢曰君有楚命不使一介行李告於寡君漢書廣武君曰發一乘之使奉咫尺之書則孝章可致友道可弘矣今之少年喜謗前輩或能譏評孝章孝章要爲有天下大名九牧之人所共稱嘆九牧猶九州也左氏傳王孫滿曰貢金九牧孫卿子曰文王鑒於殷紂此

其所以伐鄋王而受九牧也燕君市駿馬之骨非欲以騁道里乃當以招絕足也戰國策郭隗謂燕昭王曰臣聞古之人君有市千里馬者三年而不得於是遣使者賫千金之貨將市於他國未至而千里之馬已死使者乃以五百金買死馬之首以歸其君大怒曰所求者本不市死馬何故損金市死馬乎將誅之使者對曰死馬尚市之況生者乎天下必知君之好也馬將至矣於是朞年而千里馬至者三焉惟公匡復漢室宗社將絕又能正之正之術實須得賢珠玉無脛胡定切而自至者以人好之也況賢者之有足乎韓詩外傳曰盖胥謂晉平公曰珠出於海王出於山無足而至者好之也士有足而不至者君不好也昭王築臺以尊郭隗隗雖小才而逢大遇竟能發明主之至心故樂毅自魏往劇辛自趙往鄒衍自齊往史記曰燕昭王於破燕之後卑身厚幣以禮賢者謂郭隗曰齊因孤之國亂而襲破燕孤知國

小力少不足以報然誠得賢士與共圖以雪先王之雠也願先生視可者得身事之隗曰王必欲致士先從隗始況賢於隗者豈遠千里哉於是昭王爲隗改築宫而師事之樂毅自魏往鄒衍自齊往劇辛自趙往向使郭隗倒懸而王不解居蟹切臨難而王不拯孟子曰當今之時万乘之國行仁政民悅而歸之猶解倒懸也又曰今燕虐其民而王往征之人以爲將拯己於水火之中也則士亦將高翔遠引莫有北首音獸燕路者矣漢書廣武君曰牛酒以享士大夫北首燕路凡所稱引自公所知而復有去者欲公崇篤斯義因表不悉

爲幽州牧與彭寵書一首

朱叔元范曄後漢書曰朱浮字叔元沛國蕭人也初從世祖爲大司馬主簿遷偏將軍從破邯鄲後乃爲大將軍幽州牧守薊城浮少有才能頗欲厲正風迹收士心

辟召州中涿郡王岑之屬以爲從軍事及王莽時故吏二千石皆引置幕府乃多發諸郡倉穀贍其妻子漁陽太守以爲天下未定不宜多置官屬以費軍食不從其令浮密奏寵遣吏迎妻而不迎其母又受貨賄殺害友人多聚兵穀意計難量寵既積怨聞遂大怒舉兵攻浮浮以書責之

蓋聞智者順時而謀愚者逆理而動常竊悲京城太叔以不知足而無賢輔卒自棄於鄭也左氏傳曰鄭武公生莊公及共叔段姜氏愛共叔段欲立之亟請於武公公弗許及莊公即位爲之請制公曰制巖邑也虢叔死焉他邑唯命請京使居之謂之京城太叔既而太叔令西鄙北鄙貳於己公子呂曰國不堪貳君將若之何公曰不義不暱厚將崩太叔完聚繕甲兵具卒乘將襲鄭公聞其期曰可矣命子封帥車二百乘以伐京京叛太叔段段入于鄢公伐諸鄢五月辛丑太叔出奔共書曰鄭伯克段于鄢伯通以名字典郡有佐命之

功（名字謂聲譽遠聞也漢書曰陳遵劉竦俱著名字佐命已見李陵書）臨民親職愛惜倉庫而浮秉征伐之任欲權時救急（言朱浮所以招致賓客者此亦權時救急也）二者皆爲國耳即疑浮相譖何不詣闕自陳而爲滅族之計乎朝廷之於伯通（蔡邕獨斷云朝廷者不敢指斥君故言朝廷）恩亦厚矣委以大郡任以威武事有柱石之寄情同子孫之親（漢書大司農田延年謂霍光曰將軍爲國柱石）匹夫媵母尚能致命一飡（左氏宣公二年傳曰初趙宣子畋于首山見靈輒餓問其病對曰不食三日矣食之舍其半問之曰宦三年矣未知母之存否今近矣請以遺之使盡之而爲之簞食與肉既而與爲公介靈公比以趙盾驟諫伏甲將攻殺之靈輒乃倒戟以禦之又戰國策曰楚王伐中山中山君亡有二人荷戈而從之中山君顧二人曰子何爲者對曰昔臣之父嘗餓且死君捨飡以餔臣父臣之父且死曰中山君有事汝必赴之是以今來死君之難中山君曰以

一杯羹而亡國以一飡而獲二死士勝毋未詳豈有身帶三綬職典大邦而不顧恩義生心外叛者乎三綬者古人兼官者一官一綬也范曄後漢書曰更始使謁者韓鴻持節徇北州承制得專拜二千石以下鴻至薊以寵鄉閭故人相見大喜拜寵偏將軍行漁陽太守世祖又以書招寵寵乃發步騎三千人歸世祖世祖承制封建忠侯賜號大將軍伯通與吏民語何以爲顏行步拜起何以爲容坐卧念之何以爲心引鏡窺景何以施眉目舉厝建功何以爲人惜乎棄休令之嘉名造梟鴟之逆謀捐傳葉之慶祚招破敗之重災高論堯舜之道不忍桀紂之性生爲世笑死爲愚鬼不亦哀乎伯通與耿俠遊范曄後漢書曰吴漢説寵從世祖會上谷太守耿況亦使功曹寇恂詣寵結謀共歸世祖又曰況字俠遊俱起佐命同被國恩俠遊謙

讓屢有降挹之言蒼頡篇曰挹損也而伯通自伐以爲功高天下孔安國尚書傳曰自功曰伐往時遼東有豕生子白頭異而獻之行至河東見羣豕皆白懷慙而還若以子之功高論於朝廷則爲遼東豕也白頭豕未詳今乃愚妄自比六國張晏漢書注曰齊燕楚韓趙魏六國之時其勢各盛廓土數千里勝兵將百萬故能據國相持多歷年所今天下幾里列郡幾城奈何以區區漁陽而結怨天子區區言小也公羊傳曰司馬子反謂楚王曰以區區之宋猶有不欺之臣此猶河濱之民捧土以塞孟津多見其不知量也論語曰叔孫武叔毀仲尼子貢曰仲尼日月也無得而踰焉人雖欲自絶其何傷於日月乎多見其不知量也方今天下適定海內願安士無賢不肖皆樂立名

於世而伯通獨中風狂走自捐盛時內聽嬌婦之失計外信讒邪之諛言東觀漢記曰浮密奏寵上御之寵既自疑其妻勸寵無應徵令漁陽大郡兵馬衆多奈何爲人所奏而棄此去寵與所親信吏計議吏皆怨浮勸寵止不應徵長爲羣后惡法永爲功臣鑒戒豈不誤哉或本云永爲羣后惡法今檢范曄後漢書有此一句然東觀漢記亦載此書大意雖同辭旨全別蓋録事者取舍有詳略矣定海內者無私讎勿以前事自疑願留意顧老母少弟凡舉事無爲親厚者所痛而爲見讎者所快范曄後漢書曰寵齊獨在便室蒼頭子密等三人因寵卧寐共縛著牀又以寵命呼其妻妻入大驚昏夜後解寵手令作記告城門將軍去今遣子密等至子后蘭卿所速開門出勿稽留之書成即斬寵及妻頭置囊中便持記馳出城因以詣闕封爲不義侯

爲曹洪與魏文帝書一首

魏志曰曹洪字子廉太祖從弟

陳孔璋陳琳集曰琳爲曹洪與文帝牋文帝集序曰上平定漢中族父都護還書與余盛稱彼方土地形勢觀其辭如陳琳所叙爲也

十一月五日洪白前初破賊情奓意奢說事頗過其實得九月二十日書得文帝書讀之喜笑把玩無猒亦欲令陳琳作報琳頃多事不能得爲念欲遠以爲懽故自竭老夫之思左氏傳趙孟曰老夫罪戾是懼辭多不可一一粗舉大綱以當談笑漢中地形實有險固四嶽三塗皆不及也左氏傳司馬侯曰四嶽三塗九州之險也杜預曰東嶽岱南嶽衡西嶽華北嶽恒三塗在河南陸渾縣南彼有精甲數萬臨高守要一人揮戟萬夫不得進漢書朱買臣曰一人守險千人不得上而我軍過之若駭鯨之決細網奔兕之觸魯縞

漢書韓安國曰強弩之末力不能穿魯縞音義曰縞曲阜之地俗善作之既皆輕細故以喻之爾雅曰繒之細者曰縞未足以喻其易雖云王者之師有征無戰漢書淮南王安上書曰臣聞天子之兵有征無戰言莫之敢校不義而強古人常有左氏傳叔向謂趙孟曰不義而強其斃必速故唐虞之世蠻夷猾夏尚書舜典曰咎繇蠻夷猾夏寇賊姦宄周宣之盛亦讎大邦毛詩曰蠢爾蠻荊大邦爲讎詩書歎載言其難也斯皆憑阻恃遠故使其然是以察茲地勢謂爲中才處之殆難倉卒司馬遷報任少卿書曰夫中才之人事有關於宦豎者莫不傷氣來命陳彼妖惑之罪叙王師曠蕩之德豈不信然文帝荅洪書曰今魯包凶邪之心肆蠱蠆之政天兵神拊師徒无暴樵牧不臨是夏邦所以喪苗扈所以斃尚書帝曰咨禹惟時有苗不率汝徂征又曰啓與有扈戰于甘之野我之所以克彼

之所以敗也不然商周何以不敵哉（左氏傳鬭廉曰師克在和不在衆商周之不敵君之所聞也）昔鬼方聾昧崇虎讒凶郡辛暴虐三者皆下科也（三科之中此等爲下科）然高宗有三年之征文王有退脩之軍盟津有再駕之役（周易曰高宗之伐鬼方三年克之左氏傳曰子魚言於宋公曰文王聞崇德亂伐之軍三旬而不降退而脩德復伐之因壘而降尚書曰惟十有一年武王克郡又曰一月戊午師渡孟津）然後殪戎勝郡有此武功（尚書曰天乃大命文王殪戎郡誕受厥命）焉有星流景集飈奪霆擊長驅山河朝至暮捷若今者也（戰國策曰樂毅輕卒銳兵長驅至齊）由此觀之彼固不逮下愚（彼張魯也下愚指鬼方等）則中才之守不然明矣在中才則謂不然（若中才守之則不可得也）而來亦乃以爲彼之惡稔雖有孫田墨氂（力而切）猶

無所救竊又疑焉文帝荅曹洪書曰今魯罪兼苗桀惡稔厲莽縱使宋翟妙機械之巧田單騁奔牛之詐孫吴勒八陣之變猶无益也何者古之用兵敵國雖亂尚有賢人則不伐也是故三仁未去武王還師論語曰微子去之箕子爲之奴比干諫而死孔子曰殷有三仁焉史記曰周武王東觀兵於孟津諸侯皆曰紂可伐矣武王曰未知天命未可也乃還師聞殺王子比干因箕子於是曰殷有重罪不可不伐宮奇在虞晉不加戎左氏傳曰晉侯假道於虞以伐虢宮之奇諫曰虢虞之表也虢亡虞必從之諺所謂輔車相依脣亡齒寒其虞虢之謂乎弗聽宮之奇以其族行曰虞不臘矣在此行也不再舉矣季梁猶在強楚挫謀左氏傳曰楚王侵隋隋使少師董成鬬伯比言於楚子曰吾不得志於漢東也我則使然我張吾三軍而被吾甲兵以武臨之漢東之國隋爲大隋張必弃小國小國離楚之利也請羸師以張之熊率且比曰季梁在何益注曰季梁隋賢臣也曁至衆賢奔絀勑律切三國爲墟明其無道有人

猶可救也且夫墨子之守縈帶爲垣高不可登折箸爲械堅不可入墨子曰公輸爲雲梯必取宋於是見公輸九設攻城之機變墨子九距之公輸般之攻城械盡子墨子之守圉有餘公輸般出而曰吾知所以距子矣吾不言子墨子亦曰吾知子之所以距我者吾不言之王問其故子墨子曰公輸子之意不過欲殺臣殺臣宋莫能守乃可攻也然臣之弟子禽滑釐三百人已持守圉之器在宋城上而待楚寇矣雖殺臣不能絶也楚王曰善吾請無攻也蔿距陽平據石門周地圖記曰褒谷西有古陽平關劉淵林蜀都賦注曰石門在漢中之西攄八陣之列騁奔牛之權雜兵書曰八陣一曰方陣二曰圓陣三曰牝陣四曰牡陣五曰衝陣六曰輪陣七曰浮沮陣八曰鴈行陣史記曰田單爲將軍破燕城時以千餘牛爲絳繒衣畫以五綵龍文束兵刃於角灌脂束葦於尾燒之鑿城數十穴夜縱牛壯士五千人隨其後牛尾熱怒而奔燕軍夜大驚牛尾炬火光明炫燿燕軍視之皆龍文所觸盡死傷五千人因銜枚擊之而城中鼓譟從之老弱皆擊銅器爲聲聲動天地燕軍大駭敗

走齊人遂夷殺其將騎劫燕軍大亂奔走齊人追亡逐北所過城邑叛燕歸田單而齊七十餘城皆復爲齊乃迎襄王於莒焉肯土崩魚爛哉漢書徐樂上書曰臣聞天下之患在於土崩公羊傳曰其言梁亡何自亡也魚爛而亡何休注曰魚爛自內發設令守無巧拙皆可攀附則公輸已陵宋城樂毅已拔即墨矣墨翟之術何稱田單之智何貴老夫不敢未之前聞左氏傳趙孟曰老夫罪戾是懼禮記檀弓曰我未之前聞蓋聞過高唐者効王豹之謳孟子淳于髡曰昔王豹處淇而西河善謳緜駒處高唐而齊女善歌按此文當過高唐者効緜駒之歌但文人用之誤遊睢息惟切渙者學藻繢之綵陳留記曰襄邑渙水出其南睢水經其北傳云睢渙之間出文章故其黼黻絺繡日月華蟲以奉宗廟御服焉閒自入益部仰司馬楊王遺風有子勝斐然之志司馬相如楊雄王褒也墨子曰二三子復於子墨子曰告子勝仁子墨子曰未必然也告子爲

仁猶跂以爲長偃以爲廣不可久也論語曰吾黨之小子狂簡斐然成章故頗奮文辭異於他日怪乃輕其家丘謂爲倩七靖切人邴原別傳曰原遊學詣孫崧崧曰君以鄭君而舍之以鄭君爲東家丘也原曰君以鄭君爲東家丘以僕爲西家愚夫邪是何言歟夫緑驥垂耳於林坰弔屈原曰驥垂兩耳服鹽車爾雅曰野外謂之林林外謂之坰鴻雀戢翼於汙池周禮有牧田鴻雀鳥之通稱也毛詩曰鴛鴦在梁戢其左翼列子楊朱謂梁王曰鴻鴈高飛不集汙池褻之者固以爲園囿之凡鳥外廄之下乘也穀梁傳晉荀息曰君何不以屈產之乘借道乎公曰此晉國之寶也荀息曰取之中廄置之外廄及整蘭筋相馬經云一筋從玄中出謂之蘭筋玄中者目上陷如井字蘭筋豎者千里揮勁翮陵厲清浮顧眄千里豈可謂其借翰於晨風假足於六駮哉爾雅曰晨風鸇也毛詩曰隰有六駮毛萇曰駮如馬倨牙食虎豹恐猶未信丘言必

大噱也洪白孟康漢書注曰𠀉空也此雖假孔子名而實以空爲戲也或无𠀉言二字漢書曰趙李諸侍中皆談笑大噱說文曰噱大笑也

文選卷第四十一

賜進士出身通奉大夫江南蘇松常鎮太等處承宣布政使司布政使胡克家重校刊

文選卷第四十二

梁昭明太子撰

文林郎守太子右内率府録事參軍事崇賢館直學士臣李善注上

書中

應休璉與滿公琰書一首

與侍郎曹長思書一首

與廣川長岑文瑜書一首

與從弟君苗君冑書一首

爲曹公作書與孫權一首吳書曰孫策初與魏武俱事漢薨周瑜魯肅諫權曰將軍承父兄餘資兼六郡之衆兵精粮多何區區而受制於人也權遂據江東西連蜀漢與劉備和親故作書與權望得來同事漢也

阮元瑜魏志曰阮瑀字元瑜宏才卓逸不羣於俗太祖爲司空召爲軍謀祭酒又管記室書檄多瑀所作又轉丞相倉曹屬卒文章志曰陳留人也

離絶以來于今三年無一日而志前好亦猶姻媾之義恩情已深（爾雅曰壻之父曰姻婦之父曰婚毛詩箋曰重婚曰媾呉志曰策并江東曹公力未能逞且欲撫之乃以弟女配策小弟匡又爲子彰取賁女皆禮辟策弟權翊又命楊州刺史嚴象舉茂才）違異之恨中間尚淺也孤懷此心君豈同哉每覽古今所由改趣因緣侵辱或起瑕舋心忿意危用成大變（心既忿恨意不自安）若韓信傷心於失楚彭寵積望於無異（漢書曰高祖徙信爲楚王後以爲淮陰侯信知漢畏其能稱疾不朝由此日怨陳狶反高祖自將往信陰使人之狶所而与家人謀夜詐赦諸官徒奴欲發兵襲呂后太子范曄後漢書曰光武至薊彭寵上謁自負功德光武接之不能滿以此懷不平光武知之以問幽州牧朱浮浮對曰陛下昔倚爲北道主人寵謂至當延閤握手交歡並坐今既不然所以失望也）盧綰嫌畏於已隙英布憂迫於情漏此事之緣也

漢書曰上立盧綰爲燕王初上如邯鄲擊陳狶燕王盧綰亦擊其東北狶使王黃求救於匈奴綰亦使其臣張勝於匈奴勝至胡燕王臧荼子衍士在胡見勝曰公何不令燕且緩狶而與胡和事寛得長王燕勝以爲然迺令匈奴兵擊燕綰疑勝與胡反上書請族勝勝還報具道所以爲者綰寤廼詐論他人以脫勝家屬使得爲匈奴閒而陰使范齊之狶所欲令連兵無決漢既斬狶其裨將降言燕王綰使范齊通謀狶所上使使召綰綰稱病於是上曰綰果反矣乃遣樊噲伐燕又曰黥布爲淮南王漢誅梁主彭越盛其醢以徧賜諸侯至淮南王王大恐陰令人部聚兵伺旁郡警急賁赫爲布中大夫上變言布謀反有端可先未發誅也淮南王疑其上言國陰事漢使又來頗有所驗遂族赫家發兵反

孤與將軍恩如骨肉割授江南不屬本州豈若淮陰捐舊之恨楊州舊屬江南江南之地盡屬蜀焉今魏徙楊州於壽春而孫權全有江南之地故云屬蜀本州也江都圖經曰江西壽春屬魏魏楊州刺史鎮壽春捐舊或爲捐奪誤也

抑遏劉馥相厚益隆寧放朱浮顯露之奏魏志劉馥字元

潁沛國人也太祖方有袁紹之難謂馥可任以東南之事遂爲楊州刺史後漢書曰朱浮爲幽州牧奏漁陽守彭寵多買兵器不迎母寵遂反**無匿張勝貸**他改切**故之變**張勝有故於胡盧綰匿之而加恩貸也貸或爲貳**匪有陰構賁**音肥**赫之告固非燕王淮南之釁也而忍絕王命明棄碩交實爲佞人所構會也**史記蘇秦謂齊王曰此弃仇讎而得石交者也碩與石古字通論語子曰遠佞人**夫似是之言莫不動聽因形設象易爲變觀**戰國策曰曾參殺人人有告曾參母母不信又有人告之母又不信須臾又有人告之母乃投杼而起**示之以禍難激之以恥辱大丈夫雄心能無憤發**吳志曰周瑜云受制於人豈與南面稱孤同哉**昔蘇秦說韓羞以牛後韓王按劒作色而怒雖兵折地割猶不爲悔人之情也**戰國策蘇秦爲楚合從說韓王曰臣聞鄙諺曰寧爲雞尸不爲牛從今西面交臂而臣事

秦何以異於牛從也夫以大王之賢挾強韓之名臣切爲大王羞之韓王忿然作色攘臂按劍仰天曰寡人雖死其不事秦延叔堅戰國策注曰尸雞中主也從牛子也從或爲後非也仁君年壯氣盛緒信所變楚辭曰竊悲申包胥之氣盛宋均詩緯注曰緒業也旣懼患至兼懷忿恨不能復遠度孤心近慮事勢遂齎見薄之決計秉翻然之成議加劉備相扇揚事結釁連推而行之想暢本心不願於此也周易曰推而行之存乎通孤之薄德位高任重幸蒙國朝將泰之運蕩平天下懷集異類家語注曰異類夷狄也喜得全功長享其福而姻親坐離厚援生隙漢書谷永曰因而生隙常恐海内多以相責以爲老夫苞藏禍心陰有鄭武取胡之詐左氏傳趙孟曰老夫罪戾是懼焉能恤遠又曰楚公子圍聘于鄭鄭使行人子羽與之言曰大國无

乃苞藏禍心以圖之韓子曰昔者鄭武公伐胡胡先以其子妻胡君以娱其意因而問於群臣曰吾所用兵誰可伐者大夫関其思對曰胡可武公怒而戮之曰胡兄弟之國也子言伐之何胡君聞之以鄭親己遂不備鄭鄭人襲胡取之也乃使仁君翻然自絶以是忿忿懷慚反側常思除棄小事更申前好小事忿恨前好謂婚姻二族俱榮流祚後嗣以明雅素中誠之效抱懷數年未得散意昔赤壁之役遭離疫氣燒舡自還以避惡地非周瑜水軍所能抑挫也江陵之守物盡穀殫無所復據徙民還師又非瑜之所能敗也赤壁地名在荆州下呉志曰曹公臨荆州權遣周瑜程普爲左右督各領萬人與劉備俱進遇於赤壁大破曹公軍燒其餘舡引退士卒飢疫死者太半備瑜等復追至南郡公遂北還留曹仁於江陵瑜仁相守歲餘所殺傷甚衆仁委城走荆土本非己分我盡與君冀取其

餘言荆州之土非我之分今盡以與君實冀取其餘地耳非相侵肌膚有所割損也列子孟孫陽謂禽子曰有侵若肌膚獲萬金者若爲之乎曰爲之思計此變無傷於孤何必自遂於此不復還之言我尚冀君之餘地何必荆州之土不復還我哉高帝設爵以延田橫光武指河而誓朱鮪紫美切君之負累豈如二子漢書高紀曰初田橫攻彭越項羽已滅橫懼誅與賓客士入海上恐其久爲亂遣使赦橫曰橫來大者王小者侯謝承後漢書曰光武攻洛陽朱鮪守之上令岑彭說鮪曰赤眉已得長安更始爲胡殷所反害今公誰爲守乎鮪曰大司徒公被害鮪与其謀誠知罪深不敢降耳彭還白上上謂彭復往明曉之夫建大事不忌小怨今降官爵可保況誅罰乎上指水曰河水在此吾不食言是以至情願聞德音毛詩曰彼美孟姜德音不忘往年在譙新造舟舡取足自載以至九江貴欲觀湖漅之形定江濱之民耳魏志曰建安十四年

二月軍至譙作輕舟治水軍自渦入淮出肥水吳志曰初曹公恐江濱郡縣爲權所略徵令内移轉相驚僃自廬江九江蘄春廣陵十餘萬皆東渡江江西遂虛合肥以南唯有皖城裴松之吳志注曰灤祖了切非有深入攻戰之計將恐議者大爲己榮左氏傳楚子曰安人之亂以爲己榮自謂策得長無西患重以此故未肯迴情然智者之慮慮於未形達者所規規於未兆金匱曰明者見於未萌智者避危於無形是故子胥知姑蘇之有麋鹿輔果識智伯之爲趙禽漢書伍被謂淮南王曰昔伍子胥諫吳王曰臣今見麋鹿遊姑蘇之臺也越絶書曰姑蘇臺名夫差所造高見三百里戰國策曰智伯與韓魏圍趙於晉陽張孟談陰見韓魏之君曰智伯伐趙趙亡則二君爲之次二君乃與孟談陰約夜遣人入晉陽智果見二君說智伯曰二主色動而變必背君矣不如殺之智伯曰不可智果見言之不聽出便易姓爲輔氏穆生謝病以免楚難鄒陽北遊不同吳禍漢書

曰穆生不嗜酒楚王戊常設醴後忘設焉穆生退曰可以逝矣遂謝病去後戊乃與吴王通謀遂應吴王反又曰鄒陽仕吴吴王有邪謀陽奏書諫吴王王不納去之梁從孝王遊此四士者豈聖人哉徒通變思深以微知著耳范子計然曰見微知著以君之明觀孤術數量君所據相計土地豈勢少力乏不能遠舉割江之表宴安而已哉甚未然也若恃水戰臨江塞要欲令王師終不得渡亦未必也夫水戰千里情巧萬端越爲三軍吴曾不禦漢潛夏陽魏豹不意江河雖廣其長難衛也左氏傳曰越子伐吴吴子禦之笠澤夾水而陳越子爲左右勾卒使夜或左或右鼓譟而進吴師分以禦之越子以三軍潛涉當吴中軍而鼓之吴師大亂遂敗之漢書曰韓信爲左丞相進擊魏王豹魏王豹盛兵蒲坂塞臨晉信迺益爲疑兵陳船欲渡至於臨晉而伏兵從夏陽以木罌渡軍襲安邑魏王豹驚張兵

迎信信遂虜豹而歸凡事有宜不得盡言將修舊好而張形勢更無以威脅重敵人重威重也言以威重迫脅敵人然有所恐恐書無益何則往者軍逼而自引還今日在遠而興慰納辭遜意狹謂其力盡適以增驕不足相動但明效古當自圖之耳昔淮南信左吳之策漢書曰淮南王安謀反日夜與左吳等按輿地圖部署兵所從出入漢隗囂納王元之言范曄後漢書曰隗囂字季孟天水人更始亂囂亡歸天水招聚其衆自稱西州上將軍遣子恂詣闕囂將王元說囂曰天水完富天下士馬最強元請一丸泥東封函谷此萬世一時也囂心然元計遂反彭寵受親吏之計彭寵已見朱浮與彭寵書三夫不寤終爲世笑梁王不受詭勝竇融斥逐張玄二賢既覺福亦隨之願君少留意焉漢書曰梁孝王怨袁盎與羊勝公孫詭之屬陰使人刺

殺袁盎天子意梁逐賊果梁使之遣使覆案梁事捕公孫詭羊勝皆匿王後宫韓安國泣諫王王乃令出之勝詭皆自殺梁王使韓安國因長公主謝上怒稍解范曄後漢書竇融字周公扶風人也行西河五大郡大將軍事遥聞光武即位心欲東向隗囂使辨士張玄遊說西河曰今各據土宇與隴蜀合從高可爲六國下不失尉陀融召豪傑計議遂決策東向奉書獻馬光武賜融璽綬爲涼州牧封安豐侯後遷大司空若能內取子布外擊劉備吴志曰張昭字子布以効赤心用復前好則江表之任長以相付高位重爵坦然可觀上令聖朝無東顧之勞下令百姓保安全之福君享其榮孤受其利豈不快哉若忽至誠以處僥倖婉彼二人不忍加罪婉猶親愛也二人劉備張昭也所謂小人之仁大仁之賊大雅之人不肯爲此也韓子曰行小忠則大忠之賊也班固漢書贊曰大雅卓爾不羣河間獻王近之矣若憐子

布願言俱存亦能傾心去恨順君之情更與從事取其後善史記曰王温舒從諸名禍猾吏與從事廣雅曰從行也但禽劉備亦足爲效開設二者審處一焉聞荆楊諸將並得降者皆言交州爲君所執豫章距命不承執事吳志曰孫輔字國儀假節交州刺史遣使與曹公相聞事覺權幽繫之數歲卒又曰劉繇字正禮避亂淮浦詔遣爲楊州刺史繇不敢之州遂南保豫章寢旱並行人兵減損各求進軍其言云云孤聞此言未以爲悅然道路既遠降者難信幸人之災君子不爲左氏傳曰秦飢使乞糴于晉晉人弗與慶鄭曰背施無親幸災不仁且又百姓國家之有加懷區區樂欲崇和庶幾明德來見昭副不勞而定於孤益貴是故按兵守次遣書致意古者兵交使在其中左氏傳曰

晉欒書伐鄭鄭使伯蠲行成晉人殺之非禮也兵交使在其間可也願仁君及孤虛心回意以應詩人補衮之歎而慎周易牽復之義毛詩曰衮職有闕惟仲山甫補之周易曰牽復吉濯鱗清流飛翼天衢良時在茲勗之而已

與朝歌令吴質書一首典略曰質爲朝歌長大軍西征太子南在孟津小城與質書漢書曰魏郡有朝歌縣

魏文帝

五月十八日丕白季重無恙爾雅曰恙憂也途路雖局官守有限爾雅曰局近也孟子曰吾聞有官守者不得其職則去願言之懷良不可任毛詩曰願言思子杜預左氏傳注曰任當也足下所治僻左書問致簡益用增勞每念昔日南皮之遊漢書勃海郡有南皮縣誠不可忘既妙思六經逍遥百氏莊子孔子謂老聃曰丘治詩書禮樂易春秋六經自以爲久矣淮南子曰百家

異說各有所出彈棊閒設終以六博藝經曰棊正彈法二人對局白黑棊各六枚先列棊相當更先控三彈不得各去控一棊先補角世說曰彈棊出魏宮大躰以巾角拂棊子也高談娛心哀箏順耳馳騁北場旅食南館儀禮曰尊士旅食于門鄭玄注曰旅衆也士衆謂未得正祿所謂庶人在官者浮甘瓜於清泉沈朱李於寒水白日既匿繼以朗月同乘並載以遊後園輿輪徐動參從無聲清風夜起悲笳微吟樂往哀來愴然傷懷列女傳陶荅子妻曰樂極必哀莊子仲尼曰樂未畢哀又繼之余顧而言斯樂難常足下之徒咸以爲然今果分別各在一方元瑜長逝化爲異物司馬遷荅任少卿書曰則長逝者魂魄私恨無窮鵩鳥賦曰化爲異物又何足患莊子曰假於異物託於同體郭象曰今死生聚散變化無方皆異物也每一念至何時可言方今蕤賓紀時景風

扇物禮記曰仲夏之月律中蕤賓易通卦驗曰夏至則景風至天氣和暖衆果具繁時駕而遊北遵河曲從者鳴笳以啓路文學託乘於後車毛詩曰命彼後車謂之載之節同時異物是人非我勞如何毛詩曰道之云遠我勞如何今遣騎到鄴故使枉道相過行矣自愛老子曰聖人自愛丕白

與吳質書一首 典略曰初徐幹劉楨應瑒阮瑀陳琳王粲等與質並見友於太子二十二年魏大疫諸人多死故太子與質書

魏文帝

二月三日丕白歲月易得別來行復四年行猶且也三年不見東山猶嘆其遠況乃過之思何可支毛詩曰我徂東山滔滔不歸自我不見于今三年杜預左氏傳注曰不支不能相支持也雖書疏往返未足解其勞

結昔年疾疫親故多離其災徐陳應劉一時俱逝痛可言邪昔日遊處行則連輿止則接席何曾須臾相失每至觴酌流行絲竹並奏酒酣耳熱仰而賦詩楊惲報孫會宗書曰酒後耳熱仰天撫缶當此之時忽然不自知樂也謂百年己分可長共相保何圖數年之間零落略盡言之傷心頃撰其遺文都爲一集廣雅曰撰定也都凡也觀其姓名已爲鬼録追思昔遊猶在心目而此諸子化爲糞壤可復道哉觀古今文人類不護細行鮮能以名節自立尚書曰不矜細行終累大德而偉長獨懷文抱質恬惔寡欲有箕山之志可謂彬彬君子者矣論語子曰文質彬彬然後君子桓子新論雍門周曰身財高妙懷質抱真老子曰少私寡欲呂

氏春秋曰昔堯朝許由於沛澤之中曰請屬天下於夫子許由遂之箕山之下著中論二十餘篇成一家之言辭義典雅足傳于後此子爲不朽矣文章志曰徐幹字偉長北海人太祖召以爲軍謀祭酒轉太子文學以道德見稱著書二十篇號曰中論司馬遷書曰通古今之變成一家之言德璉常斐然有述作之意論語曰斐然成章又曰述而不作其才學足以著書美志不遂良可痛惜閒者歷覽諸子之文對之抆淚既痛逝者行自念也楚辭曰孤行吟而抆淚孔璋章表殊健微爲繁富公幹有逸氣但未遒耳其五言詩之善者妙絶時人言其詩之善者時人不能逮也元瑜書記翩翩致足樂也仲宣續自善於辭賦言仲宣最少續彼衆賢自善於辭賦也續或爲獨惜其體弱不足起其文典論論文曰文以氣爲主氣之清濁有體弱謂之體弱也

至於所善古人無以遠過昔伯牙絶紘於鍾期仲尼覆醢於子路痛知音之難遇傷門人之莫逮呂氏春秋曰子期死而伯牙乃破琴絶紘禮記曰孔子哭子路於中庭有人弔者而夫子拜之既哭進使者而問故使者曰醢之矣遂命覆醢諸子但爲未及古人自一時之雋也今之存者已不逮矣後生可畏來者難誣然恐吾與足下不及見也論語子曰後生可畏焉知來者之不如今年行已長大所懷萬端時有所慮至通夜不瞑志意何時復類昔日已成老翁但未白頭耳光武言年三十餘在兵中十歲所更非一東觀漢記光武賜隗囂書曰吾年已三十餘在兵中十歲所更非一猷浮語虚辭耳吾德不及之年與之齊矣以犬羊之質服虎豹之文無衆星之明假日月之光法言

曰敢問質曰羊質而虎皮見草而悅見豺而戰文子曰百星之明不如一月之光賈子曰主之與臣若日月之與星也動見瞻觀何時易乎恐永不復得爲昔日遊也少壯眞當努力古詩曰少壯不努力老大乃傷悲年一過往何可攀援莊子北海若曰年不可攀時不可止消息盈虛終則又始古人思炳燭夜遊良有以也古詩曰晝短苦夜長何不秉燭遊秉或作炳頃何以自娛頗復有所述造不東望於邑裁書敘心楚辭曰長呼吸以於邑丕白

與鍾大理書一首魏志曰鍾繇字元常魏國初建爲大理魏略曰後太祖征漢中太子在孟津聞繇有玉玦欲得之而難公索使臨淄侯轉因人說之繇即送之太子與繇書

魏文帝

丕白良玉比德君子珪璋見美詩人禮記孔子曰君子比德於玉毛詩曰

顒顒昂昂如珪如璋晉之垂棘魯之璵璠宋之結緑楚之和璞垂棘見下文左氏傳曰季平子卒陽虎將以璵璠斂戰國策應侯謂秦王曰宋有結緑楚有和璞此二者而爲天下之名器也價越萬金貴重都城尹文子曰魏有田父耕于野得玉徑尺不知其玉也弃之于野鄰人盜之以獻魏王魏王召玉工相之玉工賀曰敢賀大王得天下之寶臣所未嘗見王問其價玉工曰此無價以當之五城之都耶可一觀魏王立賜獻者千金長食上大夫之祿有稱疇昔流聲將來孔子家語曰流聲後裔是以垂棘出晉虞虢雙禽左氏傳曰晉荀息請以屈産之乘與垂棘之璧假道於虞以伐虢虞公許之宮之奇曰虞不臘矣晉滅虢虢公醜奔京師旋館於虞遂襲虞滅之和璧入秦相如抗節孝經援神契曰抗節厲義通乎至德竊見玉書稱美玉白如截肪黑譬純漆赤擬雞冠黃侔蒸栗王逸正部論曰或問玉符曰赤如雞冠黃如蒸栗白如豬肪黑如純漆玉之符也通俗文曰脂在腰曰肪音方側

闚斯語未覩厥狀雖德非君子義無詩人高山景行私所仰慕毛詩曰高山仰止景行行止然四寶遐邈焉已遠秦漢未聞有良比也求之曠年不遇厥眞私願不果飢渴未副許慎淮南子注曰果成也孔叢子子思謂魯穆公曰君若飢渴待賢近日南陽宗惠叔稱君侯昔有美玦聞之驚喜笑與抃會說文曰抃拊手也當自白書恐傳言未審未敢作書是以令舍弟子建因荀仲茂荀氏家傳曰荀宏字仲茂爲太子文學時從容喻鄙旨乃不忽遺厚見周稱周稱謂縣書也鄴騎既到寶玦初至捧匣跪發五內震駭縣在鄴城太子在孟津也李陵詩曰行行且自割無令五內傷繩窮匣開爛然滿目延篤與李文德書曰吾誦伏犧氏之易煥兮爛兮其滿目猥以蒙鄙之姿得覩希世之寶不煩一介

之使不損連城之價既有秦昭章臺之觀而無藺生詭奪之誑（史記曰趙惠文王得和氏之璧秦昭王聞之使人遺趙王書願以十五城易璧趙王遂使相如奉璧西入秦秦王坐章臺見相如相如奉璧奏王相如視秦王無意償趙城乃前曰璧有瑕請指之王授相如相如持璧倚柱怒髮上衝冠曰觀大王無償趙城色故臣復取璧大王必欲急臣臣頭與璧俱碎於柱矣）嘉貺益腆敢不欽承謹奉賦一篇以讚揚麗質丕白

與楊德祖書一首（典略曰臨淄侯以才捷愛幸秉意投脩數與脩書論諸才人優劣）

曹子建

植白數日不見思子爲勞想同之也僕少小好爲文章迄至于今二十有五年矣然今世作者可略而言也昔仲宣獨步於漢南孔璋鷹揚於河朔（仲宣在荊州故曰漢南孔璋廣陵人）

在冀州表紹記室故曰河朔仲長子昌言曰清如冰碧
潔如霜露輕賤世俗高立獨步此士之次也毛詩曰惟
師尚父時
惟鷹揚
偉長擅名於青土公幹振藻於海隅徐偉長
居北海
郡禹貢之青州也故云青土公幹東平寧陽人也寧陽
邊齊故云海隅呂氏春秋曰東方爲海隅青州齊也
德璉發跡於此魏足下高視於上京德璉南頓人也近
許都故曰此魏脩
太尉之子
故曰上京
當此之時人人自謂握靈蛇之珠家家自謂
抱荊山之玉淮南子曰隨侯之珠高誘曰隋侯見大蛇
傷斷以藥傅而塗之後蛇於大江中銜珠
以報之因曰隋侯之珠韓子曰楚人和氏得玉璞於
楚山之中奉而獻之文王使玉人治其璞而得寶
吾
王於是設天網以該之頓八紘以掩之今悉集茲國矣
吾王謂操也崔寔本論曰舉弥天之網以羅海內之雄
淮南子曰九州之外是有八澤八澤之外乃有八紘
然此數子猶復不能飛軒絶跡一舉千里韓詩外傳蓋
胥曰鴻鵠一

舉千里所恃者六翮爾以孔璋之才不閑於辭賦而多自謂能與司馬長卿同風譬畫虎不成反爲狗也東觀漢記曰馬援誡子嚴書曰效杜季良而不成陷爲天下輕薄子所謂畫虎不成反類狗也前書嘲之反作論盛道僕讃其文夫鍾期不失聽于今稱之列子曰伯牙善鼓琴鍾子期善聽吾亦不能忘歎者畏後世之嗤余也世人之著述不能無病僕常好人譏彈其文有不善者應時改定荀子曰有人道我善者是吾賊也道我惡者是吾師也昔丁敬禮常作小文使僕潤飾之論語曰行人子羽脩飾之東里子產潤色之僕自以才不過古卧切若人辭不爲也若人謂敬禮也論語子謂子賤君子哉若人包曰若人若此之人也敬禮謂僕卿何所疑難文之佳惡吾自得之後世誰相知定吾文者邪

吾常歎此達言以爲美談公羊傳曰魯人至今以爲美談昔尼父之文
辭與人通流至於制春秋游夏之徒乃不能措一辭禮記
曰魯哀公曰嗚呼尼父史記曰孔子文辭有可與共者至于春秋子游子夏之徒不能贊一辭過此而
言不病者吾未之見也蓋有南威之容乃可以論其淑
媛于戀切爲劉季緒張本戰國策曰晋平公得南威三日不聽朝遂推而遠之曰後世必有以色亡國者爾
雅曰美女爲媛有龍泉之利乃可以議其斷丁段切割戰國策蘇秦說
韓王曰韓之劒戟龍淵大阿陸斷牛馬水擊鴻鴈劉季緒才不能逮於作者摯虞
文章志曰劉表子官至樂安太守著詩賦頌六篇而好詆丁禮切訶呼歌切文章掎
居綺切摭之石切利病說文曰訶大言也又曰掎偏引也昔田巴毀五帝罪
三王呰紫五霸於稷下一旦而服千人魯連一說使終身

杜口魯連子曰齊之辯者曰田巴辯於狙丘而議於稷下毀五帝罪三王一日而服千人有徐劫弟子曰魯連謂劫曰臣願當田子使不敢復說七畧曰齊有稷城門也齊談說之士期會於稷下者甚衆漢書鄧公謂景帝曰内杜忠臣之口劉生之辯未若田氏今之仲連求之不難可無息乎毛萇詩傳曰息止也人各有好尚蘭茝昌待切蓀蕙之芳衆人所好而海畔有逐臭之夫喻人評文章愛好不同也呂氏春秋曰人有大臭者其親戚兄弟妻妾知識无能与居者自苦而居海上人有悦其臭者晝夜隨而不去咸池六莖之發衆人所共樂而墨翟有非之之論豈可同哉樂動聲儀曰黄帝樂曰咸池漢書曰顓頊作六莖樂墨子有非樂篇今往僕少小所著辭賦一通相與夫街談巷說必有可采擊轅之歌有應風雅漢書曰小說家者街談巷語道聽塗說之所造也崔駰曰竊作頌一篇以當野人擊轅之歌班固集曰擊轅相杵亦

足樂也匹夫之思未易輕棄也我此一通同匹夫之思也辭賦小道固未足以揄揚大義彰示來世也昔楊子雲先朝執戟之臣耳猶稱壯夫不爲也漢書曰楊雄奏羽獵賦爲郎然郎皆執戟而侍也東方朔荅客難曰官不過侍郎位不過執戟楊子法言曰彫蟲篆刻壯夫不爲也吾雖德薄位爲蕃侯猶庶幾勠力上國流惠下民國語曰勠力一心四子講德論曰質敏以流惠建永世之業留金石之功尚書王曰與國咸休永世无窮吴越春秋樂師謂越王曰君王德可刻金石豈徒以翰墨爲勳績辭賦爲君子哉若吾志未果吾道不行則將采庶官之實録辯時俗之得失班固漢書司馬遷贊曰有良史之才其文直其事該不虛美不隱惡故謂之實録應劭曰言其實録事也定仁義之衷成一家之言司馬遷書曰通古今之變成一家之言雖未能藏

之於名山將以傳之於同好司馬遷書曰僕誠以著此書藏之名山尚書序曰好古博雅君子與我同志亦所不隱也非要一召切之皓首豈今日之論乎其言之不慙恃惠子之知我也張平子書曰其言之不慙恃鮑子之知我明早相迎書不盡懷植白

與吳季重書一首典略曰質出為朝歌長臨淄侯與質書

曹子建

植白季重足下前日雖因常調得為密坐曹大家欹器頌曰侍帝王之密坐雖燕飲彌日其於別遠會稀猶不盡其勞積也毛詩曰彌終也若夫觴酌凌波於前簫笳發音於後足下鷹揚其體鳳歎虎視鷹揚已見上文足下謂季重也鳳以喻文也虎以喻武也歎猶歌也取美壯之意山

海經曰丹穴之山有鳥名曰鳳飲食自歌自舞易曰虎視眈眈謂蕭曹不足儔衛霍不足侔也左顧右眄謂若無人豈非吾子壯志哉史記曰荆軻與高漸離歌於市已而相泣傍若无人過屠門而大嚼慈躍切雖不得肉貴且快意桓子新論曰人聞長安樂則出門向西而笑知肉味美對屠門而大嚼當斯之時願舉太山以爲肉傾東海以爲酒伐雲夢之竹以爲笛斬泗濱之梓以爲箏尚書曰雲土夢作乂孔安國曰雲夢之澤在江南尚書曰泗濱浮磬食若填巨壑飲若灌漏巵莊子淳芒謂苑風曰夫大壑之爲物也注焉而不滿取之而不竭淮南子曰今夫霤水足以溢壺榼而江河不能實漏巵其樂固難量豈非大丈夫之樂哉然日不我與曜靈急節楚辭曰角宿未旦曜靈焉藏廣雅曰曜靈日也面有逸景之速別有參商之闊左氏傳子產曰昔高辛氏有二子伯曰閼伯季

曰實沈不相能后帝不臧遷閼伯于商丘主辰商人是因故辰爲商星遷實沈於大夏主參唐人是因其季葉曰唐叔故參爲晉星思欲抑六龍之首頓羲和之轡楚辭曰貫鴻濛以東竭兮維六龍於扶桑又曰吾令羲和弭節兮折若木之華閉濛汜之谷楚辭曰折若木以拂日兮聊逍遥以相佯王逸曰若木在崑崙言折取若木以拂擊蔽日使之還却也楚辭曰出自暘谷次於濛汜天路高邈良久無緣仲長子昌言曰蕩蕩乎若昇天路而不知夫所登也懷戀反側如何如何得所來訊文采委曲曄若春榮瀏若清風荅賓戲曰摛藻如春華毛詩曰吉甫作頌穆如清風楚辭曰秋風瀏以蕭蕭兮申詠反覆曠若復面其諸賢所著文章想還所治復申詠之也所治謂朝歌也可令憙許記切事小吏諷而誦之周禮曰諷誦言語鄭玄曰背文曰諷以聲節之曰誦夫文章之難非獨今也古之君子猶亦病諸論語子曰

堯舜其猶病諸家有千里驥而不珍焉人懷盈尺和氏無貴矣言驥及和氏以希爲貴今若家有千里人懷盈尺即驥及和氏寧得珍貴乎呂氏春秋曰所爲貴驥者爲其一日千里也淮南子曰聖人不貴尺璧而重寸陰韓子曰楚人和氏得玉璞於楚山之中遂名曰和氏之璧夫君子而知音樂古之達論謂之通而蔽墨翟不好伎何爲過朝歌而迴車乎足下好伎值墨翟迴車之縣想足下助我張目也又聞足下在彼自有佳政夫求而不得者有之矣未有不求而得者也法言曰學者所以有求爲君子求而不得者有矣未有不求而得之者也且攺轍易行非良樂之御呂氏春秋曰古之善相馬者若趙之王良秦之伯樂尤盡其妙也左氏傳曰晉趙鞅納衛太子于戚郵无恤御杜預曰郵无恤王良也易民而治非楚鄭之政戰國策曰趙告謂趙王曰臣聞之聖人不易民而教智者不變

俗而勸史記曰循吏楚有孫叔敖鄭有子產而二國俱治是不易之民也願足下勉之而已矣適對嘉賓口授不悉往來數相聞曹植白植集此書別題云夫爲君子而不知音樂古之達論謂之通而蔽墨翟自不好伎何謂過朝歌而迴車乎足下好伎而正值墨氏迴車之縣想足下助我張目也今本以墨翟之好伎置和氏无貴矣之下蓋昭明移之爲季重之書相映耳

荅東阿王書一首　吳季重

質白信到奉所惠貺發函伸紙是何文采之巨麗而慰喻之綢繆乎夫登東嶽者然後知衆山之邐迤也奉至尊者然後知百里之卑微也法言曰觀書者譬如觀山升東嶽而知衆山之邐迤也況介丘乎下句蓋季重自況也自旋之初伏念五六日至于旬時尚書曰要囚服念五六日至于旬時精散思越惘若有失非敢羨寵光之休

慕猗頓之富
毛詩曰既見君子爲龍爲光毛萇曰龍寵也孔叢子子產問子順曰臣匱於財聞猗頓善殖貨欲學之然先生同國也當知其術願以告我荅曰然我知之猗頓魯之窮士也耕則常飢桑則常寒聞朱公富往之問術焉朱公告之曰子欲速富當畜五牸於是乃適河大畜牛羊于猗氏之南十年之間其滋息不可計貲擬王公馳名天下以興富於猗氏故曰猗頓

誠以身賤犬馬德輕鴻毛
戰國策魯連說張相國曰鴻毛之輕也而不能自舉

至乃歷玄闕排金門升玉堂
三輔舊事曰未央宮北有玄武闕解嘲曰歷金門上玉堂有日矣

伏虛檻於前殿臨曲池而行觴
楚辭曰坐堂伏檻臨曲池

既威儀虧替言辭漏渫
思列反

雖恃平原養士之懿愧無毛遂燿穎之才
史記曰秦之圍邯鄲使平原君求救合從於楚約與食客門下有勇士文武備具者二十人偕得十九人餘无可取者毛遂自讚於平原君平原君曰夫賢士之處俗譬若錐之處囊中其末立見今在左右未有所稱誦是先生无所有也毛遂曰臣今日

請處囊中耳使遂早得處囊中乃穎脱而出非特其末見而已

深蒙薛公折節之禮而無馮諼火爰切三窟之効

漢書曰淮南王折節下士戰國策曰齊人有馮諼者貧乏不能自存使人屬孟嘗君願寄食門下孟嘗君曰諾孟嘗問門下諸客誰習會計能爲文收債於薛者乎馮諼曰能於是約車促裝單衣載契而辭問曰收債畢何市而反孟嘗君曰視吾家所寡有者驅而之薛矯命以債賜諸人因燒其券人稱萬歲長驅到齊孟嘗君見之曰何市而反曰竊計君家所無不有所乏之者義尔爲君市義孟嘗不悅後有毁孟嘗君於湣王孟嘗君就國于薛未至百里老幼迎於道中孟嘗君顧馮諼曰先生爲文市義乃今見矣馮諼曰狡兎有三窟免其死耳今君有一窟未得高枕而卧也請爲君復鑿二窟孟嘗君乃與車五十乘金五百斤西遊於梁梁惠王聘孟嘗君齊王聞之君臣恐懼使太傅謝孟嘗君曰願君顧先王之宗廟姑反國統民馮諼謂孟嘗君請先王之祭器立宗廟於薛廟成還謂孟嘗君曰三窟已就請君高枕爲樂矣

屢獲信陵虚左之德又無侯生可述之美

史記曰魏公子置酒大會賓客

公子從車騎虛左自迎夷門侯生侯生攝衣冠直載公子上坐不讓欲以觀公子公子執轡愈恭侯生謂公子曰今日嬴之爲公子亦足矣市人皆以嬴爲小人而以公子爲長者能下士也凡此數者乃質之所以憤積於胷臆懷眷而悁邑者也若追前宴謂之未究傾海爲酒并山爲肴伐竹雲夢斬梓泗濱然後極雅意盡歡情信公子之壯觀非鄙人之所庶幾也封禪書曰天下之壯觀周易曰顏氏之子其殆庶幾乎若質之志實在所天左氏傳箴尹克黃曰君天也思投印釋黻朝夕侍坐鑽仲父之遺訓覽老氏之要言仲父仲尼也老氏老子也對清酤而不酌抑嘉肴而不享毛詩曰既載清酤又曰嘉肴脾臄使西施出帷嫫母侍側越絕書曰越王乃飾美女西施使大夫種獻之於吳王楚辭曰西施婉而不得見兮嫫母勃屑而日侍王逸曰嫫母醜女也斯盛德之

所蹈明哲之所保也周易曰日新之謂盛德毛詩曰既明且哲以保其身若乃近者之觀實盪鄶心秦箏發徽二八迭奏楚辭曰挾秦箏而彈徽又曰二八齊容起鄭舞塤篪激於華屋靈鼓動於座右舞賦曰燿華屋而熺洞房周禮曰靈鼓靈鼗鼓也耳嘈嘈於無聞情踴躍於鞍馬謂可北懾肅慎使貢其楛矢南震百越使獻其白雉家語曰孔子之陳陳惠公賓之有隼集庭而死楛矢貫之惠公使伇如孔子之館問之孔子曰昔武王克商於是肅慎氏貢楛矢石砮其長尺有咫故銘其楛曰肅慎氏貢矢以分太姬配虞胡公而封諸陳王肅曰肅慎北夷國名也楛木名也砮箭鏃也太公金匱曰武王伐紂四夷聞各以來貢越裳獻白雉重譯而至又況權備夫何足視乎還治諷采所著觀省英瑋實賦頌之宗作者之師也漢書曰司馬相如蔚爲辭宗賦頌之首衆賢所述亦各有志昔趙武過平聲鄭

七子賦詩春秋載列以爲美談左氏傳曰趙武與諸侯大夫會過鄭鄭伯享趙孟於垂隴七子從趙孟曰七子從君以寵武也請皆賦詩以卒君貺武亦以觀七子之志子展賦草虫伯有賦鶉之奔奔子西賦黍苗之四章子產賦隰桑子大叔賦野有蔓草叔段賦蟋蟀公孫段賦桑扈質小人也無以承命又所荅貺辭醜義陋申之再三赧然汗下尚書曰至于再至于三小雅曰面慙曰赧此邦之人閑習辭賦三事大夫莫不諷誦何但小吏之有乎毛詩曰三事大夫莫肯夙夜重惠苦言訓以政事史記衛鞅曰苦言藥也甘言疾也惻隱之恩形乎文墨謝承後漢書曰甄豐惻隱之恩發於自然墨子迴車而質四年雖無德與民式歌且舞淮南子曰曾子至孝不過勝母里墨子非樂不入朝歌鄒陽上書曰里名勝母曾子不入邑號朝歌墨子迴車毛詩曰雖无德與女式歌且舞式作或者非儒墨不同固以久矣然一旅

之衆不足以揚名左氏傳伍負曰少康有衆一旅杜預曰一旅伍百人也步武之閒不足以騁跡司馬法曰六尺曰步禮記曰堂上接武鄭玄注曰武跡也若不改轍易御將何以効其力哉今處此而求大功猶絆良驥之足而責以千里之任檻猨猴之勢而望其巧捷之能者也淮南子曰兩絆騏驥而求其致千里置猨檻中則與豚同非不巧捷也無所肆其能也不勝見恤謹附遣白荅不敢繁辭吳質白

與滿公琰書一首賈弼之山公表注曰滿寵子炳字公琰爲別部司馬

應休璉公琰前日曾過休璉至明日欲遣書謝值公琰又使人來召璩璩別事不得往故爲報

璩白昨者不遺猥見照臨雖昔侯生納顧於夷門毛公

受眷於逆旅無以過也夷門侯嬴也已見吳季重答東阿王書史記曰趙有處士毛公藏於博徒薛公藏於賣漿家魏公子欲見之兩人自匿不肯見公子聞所在乃閒步往從此兩人遊甚歡左氏傳荀息曰今號爲不道保於逆旅外嘉郎君謙下之德內幸頑才見誠知已歡欣踴躍情有無量是以奔騁御僕宣命周求陽書喻於詹何楊倩說於范武說苑曰宓子賤將適單父陽書謂子賤曰吾少賤無以送子今贈子以釣道夫投綸錯餌迎而吸之者楊鱎也其爲魚味薄而美若士若存若食若不食者魴其爲魚味厚子賤至單父冠蓋逆之者交接於道子賤曰陽書所謂楊鱎者也乃請耆老尊賢與之共化列子曰詹何楚人也以獨繭爲綸芒針爲鈎荊棘爲竿剖粒爲餌而引盈車之魚韓子曰宋人有酤酒者升概甚平遇客甚謹爲酒甚美懸幟甚高然而不售酒酸怪其故問其所知閭長者楊倩曰汝狗猛曰狗猛則酒美何故而不售曰人畏焉或令孺子懷錢挈壺甕而往酤狗迎而齕之此酒所以酸不售也夫國亦然有道之士懷其術而

欲以輔萬乘之主大臣爲猛狗迎而齕之人主之所以蔽脅而有道之士所以不用也范武未詳故使鮮魚出於潛淵芳音發自幽巷繁組綺錯羽爵飛騰楚辭曰瑤漿蜜勺實羽觴兮漢書音義曰羽觴作生爵形儀禮曰請媵爵鄭玄曰今文媵多作騰牙曠高徽義渠哀激列子伯牙善鼓琴左氏傳曰師曠侍於晉侯杜預曰師曠晉樂太師也許慎淮南子注曰鼓琴循紡謂之徽戰國策曰義渠君之魏高誘曰義渠西戎國名也其樂未聞當此之時仲孺不辭同產之服孟公不顧尚書之期漢書曰灌夫字仲孺夫嘗有姊服過丞相田蚡蚡從容曰吾欲與仲孺過魏其侯會仲孺有服夫曰將軍乃肯幸臨魏其侯夫安敢以服爲辭又曰陳遵字孟公嗜酒好賓客每取客車轄投井中雖有急終不去嘗有部刺史奏事過遵值其方飲刺史侯遵霑醉時突入見遵母叩頭白曰當對尚書有期會狀母迺令刺史從後閤出去徒恨宴樂始酣白日傾夕驪駒就駕意不宣展漢書曰諸博士共持酒肉勞王式江翁謂歌吹諸生曰歌

驪駒王式曰聞之於師客歌驪駒主人歌客毋庸歸今諸君爲主人日尚早未可也服虔曰大戴禮篇客欲去歌之文穎曰其辭曰驪駒在門僕夫具存驪駒在路僕夫整駕追惟耿介迄于明發楚辭曰獨耿介而不隨毛詩曰明發不寐適欲遣書會承來命知諸君子復有漳渠之會夫漳渠西有伯陽之館北有曠野之望伯陽即老子也詩曰率彼曠野高樹翳朝雲文禽蔽緑水沙場夷敞清風肅穆是京臺之樂也得無流而不反乎淮南子曰令尹子瑕請飲莊王許諾子瑕具於京臺莊王不往曰吾聞京臺者南望獵山北臨方皇左江右淮其樂忘歸若吾薄德之人不可以當此樂也恐流而不能自反高誘曰京臺高臺也方皇大澤也適有事務須自經營何休公羊傳注曰適遇也不獲侍坐良增邑邑邑邑不樂也因白不悉璩白

與侍郎曹長思書一首　應休璉

璩白足下去後甚相思想叔田有無人之歌闉闍有匪存之思風人之作豈虛也哉毛詩曰叔于田巷無居人又曰出其闉闍有女如荼又曰雖則如雲匪我思存闉音因闍音都王肅以宿德顯授何曾以後進見拔魏志曰王肅字子雍黃初中爲散騎黃門侍郎臧榮緒晉書曰何曾字穎考陳國人也曾弱冠累遷散騎侍郎給事黃門郎東觀漢記梁商上書曰猥復超起宿德論語子曰後進於禮樂君子也皆膺揚虎視有萬里之望薄援助者不能追參於高妙復斂翼於故枝桓子新論曰昔顏淵有高妙次聖之才聞一知十塊然獨處有離羣之志淮南子曰卓然獨立塊然幽處禮記子夏曰吾離羣索居亦已久矣汲黯樂在郎署何武耻爲宰相千載揆之知其有由也漢書汲黯字長孺拜淮陽太守黯伏地謝不受印綬臣願爲中郎出入禁闥臣之願也又曰何武字君公爲御史司空多所舉奏號爲煩碎不稱賢公耻義未

詳

德非陳平門無結駟之跡漢書曰陳平家貧好讀書張負隨平至其家家負郭窮巷以席爲門然門外多長者車轍學非楊雄堂無好事之客漢書曰楊雄家素貧嗜酒人稀至其門時有好事者載酒肴從雄遊學才劣仲舒無下帷之思家貧孟公無置酒之樂漢書曰董仲舒廣川人以學春秋孝景時爲博士下帷講誦又曰陳遵字孟公嗜酒每大飲賓客滿堂遵過寡婦左阿君置酒歌謳遵起舞跳梁樂之悲風起於閨闥紅塵蔽於机榻幸有袁生時步玉趾樵蘇不爨清談而已左氏傳楚宰薳啓彊謂魯侯曰今君若步玉趾辱見寡君也漢書廣武君李左車説成安君曰樵蘇後爨師不宿飽晉灼曰樵取薪也蘇取草也有似周黨之過平聲閔子東觀漢記曰太原閔貢字仲叔與周黨相遇含菽飲水無菜茹也夫皮朽者毛落川涸者魚逝蔡邕正論曰皮朽則毛落水涸則魚逝其勢然也春生者繁華秋榮者零悴周書陰符

太公曰春道生萬物榮秋道成萬物零自然之數豈有恨哉聊爲大弟陳其苦懷耳想還在近故不益言璩白

與廣川長岑文瑜書一首 廣川縣時旱祈雨不得作書以戲之

應休璉

璩白頃者炎旱日更增甚沙礫銷鑠草木焦卷 呂氏春秋曰湯時大旱七年煎沙爛石山海經曰十日所落草木焦卷 處涼臺而有鬱蒸 之剩切 之煩浴寒水而有灼爛之慘宇宙雖廣無陰以憩雲漢之詩何以過此 毛詩雲漢曰赫赫炎炎云我無所鄭玄曰言無所芘蔭而處也 土龍矯首於玄寺泥人鶴立於闕里 淮南子曰聖人用物若用朱絲約芻狗若爲土龍以求雨芻狗待之而求福土龍待之而得食高誘曰土龍致雨雨而成穀故待土龍之神而得穀食玄寺道場也風

俗通曰尚書御史所止皆曰寺故後代道場及祠宇皆取其稱焉淮南子曰西施毛嬙猶倛醜也高誘曰倛醜請雨土人也司馬彪續漢書梅福上書曰仲尼之廟不出闕里修之歷旬靜無徵効明勸教之術非致雨之備也知恤下人躬自暴露拜起靈壇勤亦至矣司馬彪續漢書曰郡國旱各掃除社稷公卿官長以次行雩禮求雨昔夏禹之解陽盱郡湯之禱桑林淮南子曰禹爲水以身解於陽盱之河湯苦旱以身禱於桑林之祭高誘曰爲治水解禱以身爲質解讀解除之解陽盱河蓋在秦地桑山之林能興雲致雨故禱之盱音紆言未發而水旋流辭未卒而澤滂沛說苑曰湯之時大旱七年使人持三足鼎而祝山川盖辭未巳而天下大雨也今者雲重積而復散雨垂落而復收得無賢聖殊品優劣異姿割髮宜及膚翦爪宜侵肌乎呂氏春秋曰昔郡湯尅夏而大旱五年湯乃身禱於桑林於是翦其髮鄜其手自以爲犧用祈福於

上帝民乃甚恱雨乃大至鄺音鄺周征郏而年豐衛伐邢而致雨左氏傳衛人伐邢於是衛大旱甯莊曰昔周飢克郏而年豐今邢方無道諸侯無伯天其或者欲使衛討邢乎從之師興而雨善否之應甚於影響未可以爲不然也尚書曰惠迪吉從逆凶惟影響想雅思所未及謹書起予論語子曰起予者商也應璩白

與從弟君苗君胄書一首此書言欲歸田故報二從弟也

應休璉

璩報閒者北遊喜歡無量登芒濟河曠若發矇說文曰芒洛北大阜也禮記曰昭然若發蒙矣如淳漢書注曰以物蒙覆其頭而爲發去其人欲之耳風伯掃途雨師灑道韓子師曠曰黃帝合鬼神於太山之上風伯進掃雨師灑道列仙傳曰赤松子爲雨師按轡清路周望山野亦既至止酌彼春酒詩曰亦既見止又曰至止

肅肅又曰爲此春酒接武茅茨涼過大夏禮記曰堂上接武鄭玄曰武跡也說文曰屋以草蓋曰茨淮南子曰大夏增加擬於崑崙高誘曰大夏大屋也涼或作椋非也扶寸肴脩味踰方丈尚書大傳曰扶寸而合不崇朝而雨天下鄭玄曰四指爲扶扶音膚墨子曰美食方丈目不能徧視口不能徧味逍遙陂塘之上吟詠菀音鬱柳之下淮南子曰禹有陂塘之事毛詩曰菀彼柳斯結春芳以崇佩折若華以翳日楚辭曰細秋蘭以爲佩又曰春蘭兮秋菊毛萇詩傳曰崇充也若華已見曹植與吴季重書弋下高雲之鳥餌出深淵之魚蒲且子餘切讃善便嬛一緣切稱妙何其樂哉列子詹何曰臣聞蒲且子之弋弱弓微繳乗風振之連雙鶬於青雲之上用心專也淮南子曰雖有鉤鍼芳餌加以詹何便嬛之妙猶不能與罔罟争得也高誘曰便嬛白翁時人也七發曰蜎蠉詹何之倫然便嬛即蜎蠉也雖仲尼忘味於虞韶楚人流遯於京臺無以過也論語曰子

在齊聞韶三月不知肉味曰不圖爲樂之至於斯也京臺已見應休璉與滿公琰書班嗣之書信不虛矣漢書曰桓生欲借其書班嗣報曰漁釣一壑則萬物不奸其志栖遲一丘則天下不易其樂來還京都塊然獨處營宅濱洛困於囂塵晏子春秋曰景公欲更晏子之宅近市湫隘囂塵不可居思樂汶上發於寤寐論語曰季氏使閔子騫爲費宰閔子騫曰善爲我辭焉如有復我者則吾必在汶上矣昔伊尹輟耕郅惲投竿思致君於有虞濟蒸人於塗炭孟子曰伊尹耕於有莘之野而樂堯舜之道湯使人以幣聘之囂囂然湯三使往聘之既而幡然改之曰與我處畎畝之中是以樂堯舜之道吾豈若使是君爲堯舜之君哉吾豈若使是民爲堯舜之民哉吾豈若於吾身親見之哉東觀漢記曰郅惲字君章汝南人也鄭次都隱於弋陽山中惲即去從次都止漁釣甚娛留數十日惲喟然歎曰天生俊士以爲民也鳥獸不可與同羣子從我爲伊尹乎將爲許巢而去堯舜也次都曰吾年耄矣安得從子子勉正性命勿勞神以害生告別而去惲客

於江夏郡舉孝廉爲郎尚書曰民墜塗炭而吾方欲秉耒耜於山陽沈鉤緡於丹水知其不如古人遠矣漢書河内郡有山陽縣又上黨郡高都縣有莞谷丹水所出莞音管然山父不貪天地之樂曾參不慕晉楚之富其志也山父即巢父也譙周古考史曰許由夏常居巢故一號巢父琴操曰許由夏則巢居冬則穴處飢則仍山而食渴則仍河而飲堯大其志禪爲天子由曰放髮優游所以安己不懼非以貪天下也孟子曾子曰晉楚之富不可及也彼以其富我以吾仁彼以其爵我以吾義吾何慊之前者邑人念弟無已欲州郡崇禮官師授邑誠美意也歷觀前後來入軍府至有皓首猶未遇也漢書賈誼上疏曰古者内有公卿大夫外有公侯伯子男然後有官小史延及庶人徒有飢寒駿奔之勞尚書曰駿奔走俟河之清人壽幾何左氏傳子駟曰周詩有之曰俟河之清人壽幾何杜預曰言人壽促而河清遲也且官

無金張之援遊無子孟之資漢書金日磾贊曰夷狄亡國羈虜漢庭七葉内侍何其盛矣又張湯贊曰張氏子孫相繼自宣元已來爲侍中中常侍者凡十餘人功臣之後唯有金氏張氏漢書曰霍光字子孟驃騎將軍去病之弟也而圖富貴之榮望殊異之寵是隴西之遊越人之射耳淮南子曰夫乘舟而惑者不知東西見斗極則曉然而寤矣性亦人之斗極有自見也則不失物之情無以自見則動而惑譬若隴西之游愈躁愈沈又曰越人學遠射參天而發適在五步之内不易其儀時已變矣而守其故譬猶越之射爾幸賴先君之靈免負擔之勤左氏傳陳公子完曰免於罪戾弛於負擔追蹤丈人畜雞種黍論語曰子路從而後遇丈人以杖荷蓧子路問曰子見夫子乎丈人曰四體不勤五穀不分孰爲夫子植其杖而耘止子路宿殺雞爲黍而食之漢書鄭朗曰修農圃之疇畜雞種黍潛精墳籍立身揚名斯爲可矣孝經曰立身行道揚名於後世無或遊言以增邑邑禮記曰大人不倡遊言鄭

㫄曰遊浮也不可用之詁郊牧之田宜以爲意爾雅曰邑外曰郊周禮有牧田廣開土宇吾將老焉左氏傳曰隱公使營菟裘吾將老焉菟音塗劉杜二生想數往來朱明之期已復至矣爾雅曰夏爲朱明相見在近故不復爲書慎夏自愛璩白

文選卷第四十二

賜進士出身通奉大夫江南蘇松常鎮太等處承宣布政使司布政使胡克家重校刊

文選卷第四十三

梁昭明太子撰

文林郎守太子右内率府録事參軍事崇賢館直學士臣李善注上

書下

孔德璋北山移文

與山巨源絶交書　魏氏春秋曰山濤爲選曹郎舉康自代康荅書拒絶因自說不堪流俗而非薄湯武大將軍聞而惡焉

嵇叔夜

康白足下昔稱吾於潁川吾常謂之知言稱謂說其情不願仕也愜其素志故謂知言也虞預晉書曰山嶔守潁川嵇康文集録注曰河內山嶔守潁川山公族父莊子曰狂屈豎聞之以黃帝爲知言然經怪此意尚未熟悉於足下何從便得之也言常怪足下何從而便得吾之此意也前年從河東還顯宗阿都說足下議以吾自代晉氏八王故事注曰公孫崇字顯宗譙國人爲尚書郎嵇康文集録注曰阿都呂仲悌東平人也康與呂長悌絶交書曰少知阿都志力閑華每喜足下家復有此弟事雖不行知足下故不知之言不知己之情足下傍通多可而少怪言足下傍

通衆藝多有許可少有疑怪言寛容也周易曰六爻發揮旁通情也法言曰或問行曰旁通厥德李軌曰應萬變而不失其正者唯旁通乎吾直性狹中多所不堪偶與足下相知耳偶謂偶然非本志也爾雅曰偶遇也郭璞曰偶值也間聞足下遷惕然不喜恐足下羞庖人之獨割引尸祝以自助莊子曰庖人雖不治庖尸祝不越樽俎而代之手薦鸞刀漫平聲之羶腥毛詩曰執其鸞刀以啓其毛莊子北人無擇曰帝欲以辱行漫我髙誘呂氏春秋注曰漫汙也故具爲足下陳其可否吾昔讀書得并介之人或謂無之今乃信其真有耳并謂兼善天下也介謂自得無悶也趙岐孟子章句曰伯夷柳下惠介然必偏中和爲貴性有所不堪真不可強今空語同知有達人無所不堪外不殊俗而內不失正與一世同其波流而悔吝不生耳空語猶虛說也共知有通達之人至於世

事無所不堪言己不能則而行之也太玄經曰君子內正而外馴莊子曰與物委虵而同其波周易曰悔吝者憂虞之象也老子莊周吾之師也親居賤職柳下惠東方朔達人也安乎卑位吾豈敢短之哉史記曰莊子名周嘗爲蒙漆園吏列仙傳曰李耳爲周柱下史轉爲守藏史論語曰柳下惠爲士師漢書曰東方朔著論設客難己位卑以自慰諭孟子曰爲貧仕者辭尊居卑又曰位卑言高罪也又仲尼兼愛不羞執鞭子文無欲卿相而三登令尹是乃君子思濟物之意也莊子仲尼謂老聃曰兼愛無私仁之情也論語子曰富而可求雖執鞭之士吾亦爲之子張問令尹子文三仕爲令尹無喜色三已之無慍色舊令尹之政必以告新令尹何如子曰忠矣所謂達能兼善而不渝窮則自得而無悶孟子曰古之人窮則獨善其身達則兼善天下又曰柳下惠遺佚而不怨厄窮而不憫以此觀之故堯舜之君世許由之巖棲呂氏春秋曰昔

堯朝許由於霈澤之中曰請屬天下於夫子許由遂之箕山之下張升反論曰黄綺引身巖棲南岳子房之佐漢接輿之行歌其揆一也漢書曰上封良爲留侯行太子少傅事論語曰楚狂接輿歌而過孔子孟子曰先聖後聖其揆一也仰瞻數君可謂能遂其志者也賈逵國語注曰遂從也故君子百行殊塗而同致循性而動各附所安周易子曰天下同歸而殊塗一致而百慮淮南子曰循性而行或害或利論語讖曰貧而無怨循性動也故有處朝廷而不出入山林而不反之論班固漢書贊曰山林之士往而不能反朝廷之士入而不能出二者各有所短且延陵高子臧之風長卿慕相如之節志氣所託不可奪也左氏傳吴子諸樊既除喪將立季札季札辭曰曹宣公之卒也諸侯與曹人不義曹公將立子臧子臧去之遂弗爲也以成曹君子曰能守節君義嗣也誰能奸君有國非吾節也札雖不才願附於子臧以無失節史記曰司馬相如字長卿其親名之犬子相

如既學慕藺相如之爲人更名相如吾每讀尚子平臺孝威傳慨然慕之
想其爲人英雄記曰尚子平有道術爲縣功曹休歸自入山擔薪賣以供食飲范曄後漢書曰向子平隱居不仕性尚中和好通老易尚向不同未詳又曰臺佟者字孝威魏郡人隱於武安山鑿穴爲居采藥爲業佟徒冬切史記太史公曰余讀孔氏書想見其爲人少加孤露母兄見驕不涉經
學性復疎嬾筋駑肉緩頭面常一月十五日不洗不大
悶癢不能沐也每常小便而忍不起令胞中略轉乃起
耳又縱逸來久情意傲散簡與禮相背嬾與慢相成孔安國論語注曰簡略也言性簡略與禮相背也而爲儕類見寬不攻其過又讀
莊老重增其放放謂放蕩故使榮進之心日頹任實之情轉
篤此由禽鹿少見馴育則服從教制長而見羈則狂顧

頓纓赴蹈湯火楚辭曰狂顧南行王逸曰狂猶遽也錐飾以金鑣饗以嘉
肴逾思長林而志在豐草也毛詩曰茀厥豐草茀甫物切阮嗣宗口不論
人過吾每師之而未能及至性過人與物無傷唯飲酒
過差耳莊子仲尼謂顏回曰聖人處物不傷物者物不能傷也李尤盃銘曰飲無求辭纔以相娛荒沈過差可不慎與至爲禮法之士所繩疾之如讎幸賴大將軍保
持之耳孫盛晉陽秋曰何曾於太祖坐謂阮籍曰卿任性放蕩敗禮傷教若不華變王憲豈得相容謂太祖宜投之四裔以絜王道太祖曰此賢素羸病君當恕之吾不如嗣宗之賢而有
慢弛之闕資村量也又不識人情闇於機宜無萬石之慎而
有好盡之累漢書曰萬石君石奮長子建爲郎中令奏事事下建讀之驚恐曰書馬者與尾而五今廼四不足一獲譴死矣其爲謹慎雖他皆如是又曰建奏事於上前即有可言屏人乃言極切至延見如不

能言者好盡謂言則盡情不知避忌久與事接疵釁日興雖欲無患其可
得乎又人倫有禮朝廷有法自惟至熟有必不堪者七
甚不可者二卧喜晚起而當關呼之不置一不堪也東觀
漢記曰汝郁再徵載病詣公車尚書敕郁自力受拜郁乘輂白衣詣止車門臺遣兩當關扶郁入拜郎中抱
琴行吟弋釣草野而吏卒守之不得妄動二不堪也危
坐一時痹必寐切不得搖管子曰少者之事先生出入恭敬如有賓客危坐向師顏色無
怍說文曰痹濕病也性復多蝨瑟把蒲巴搔無已而當裹以章服揖
拜上官三不堪也素不便書又不喜作書而人間多事堆
案盈机不相酬荅則犯教傷義欲自勉強則不能久四
不堪也不喜弔喪而人道以此爲重己爲未見恕者所

怨至欲見中傷者言人於己爲未見有矜恕之者而纔有所怨乃至欲見中傷言被疾苦也雝矍音句然自責然性不可化班固漢書惠帝贊曰聞叔孫通之諫則矍然欲降心順俗則詭故不情新序卜偃謂晉侯曰天子降心迎公周書曰飾貌者不情亦終不能獲無咎無譽如此五不堪也周易曰括囊無咎無譽不喜俗人而當與之共事或賓客盈坐鳴聲聒耳杜預左氏傳注曰聒諠也囂塵臭處千變百伎在人目前六不堪也心不耐煩而官事鞅掌機務纏其心世故繁其慮七不堪也毛詩曰或棲遲偃仰或王事鞅掌尚書曰一日二日萬機又每非湯武而薄周孔在人間不止此事會顯世教所不容此甚不可一也剛腸疾惡輕肆直言遇事便發此甚不可二也以促中小心之性

統此九患不有外難當有内病寧可久處人間邪又聞道士遺言餌朮黄精令人久壽意甚信之著頡篇曰餌食也本草經曰朮黄精久服輕身延年遊山澤觀魚鳥心甚樂之一行作吏此事便廢安能舍其所樂而從其所懼哉夫人之相知貴識其天性因而濟之禹不偪伯成子高全其節也莊子曰堯治天下伯成子高立爲諸侯堯授舜舜授禹伯成子高辭爲諸侯而耕禹往見之則耕在野禹趨就下風而問焉子高曰昔堯治天下不賞而民勸不罰而民畏今則賞罰而民且不仁德自此衰刑自此立後世之亂自此始矣耕而不顧仲尼不假蓋於子夏護其短也家語曰孔子將行雨無蓋門人曰商也有焉孔子曰商之爲人也嗇短於財吾聞與人交者推其長者違其短者故能久也王肅曰短猶嗇甚也近諸葛孔明不偪元直以入蜀蜀志曰潁川徐庶字元直曹公來征先主在楚

聞之率其衆南行亮與徐庶並從爲曹公所追破庶母見獲庶辭先主而指其心曰本與將軍共圖王霸之業者以此方寸之地也今已失老母方寸亂矣無益於事請從此别遂詣曹公魏略曰庶名福華子魚不強幼安以卿相魏志曰華歆字子魚平原人也文帝即位拜相國黃初中詔公卿舉獨行君子歆舉管寧帝以安車徵之又曰管寧字幼安北海人也華歆舉寧寧遂將家屬浮海還郡詔寧爲太中大夫固辭不受此可謂能相終始眞相知者也足下見直木必不可以爲輪曲者不可以爲桷盖不欲以枉其天才令得其所也故四民有業各以得志爲樂管子曰士農工商四民者國之石民也唯達者爲能通之此足下度内耳不可自見好章甫強越人以文冕也莊子曰宋人資章甫而適越越人斷髮文身無所用之司馬彪曰斷斷也章甫冠名也己嗜臭腐養鴛雛以死鼠也莊子曰惠子相梁莊子往見之

或謂惠子曰莊子來欲代子相於是惠子恐搜於國中三日三夜莊子往見之曰南方有鳥名鵷鶵子知之乎夫鵷鶵發南海而飛於北海非梧桐而不止非竹實不食非醴泉不飲於是鴟得腐鼠鵷鶵過之仰天而視之曰嚇今子欲以子國嚇我邪吾頃學養生之術方外榮華去滋味游心於寂寞以無爲爲貴高誘呂氏春秋傳曰外猶賤也莊子曰夫恬淡寂寞虛無無爲此天地之平而道德之篤也縱無九患尚不顧足下所好者又有心悶疾頃轉增篤私意自試不能堪其所不樂言己所不樂之事必不能堪而行之自卜已審若道盡塗窮則已耳足下無事寃之令轉於溝壑也左氏傳曰侍者謂楚王曰老而無子知擠於溝壑矣吾新失母兄之歡意常悽切女年十三男年八歲未及成人況復多病顧此悢悢力向如何可言王隱晉書曰紹字延祖十歲而孤事母孝謹國語曰晉趙

武冠見韓獻子獻子曰戒之此謂成人鄭玄禮記注曰女子以許嫁爲成人廣雅曰恨恨悲也今但願守陋巷教養子孫時與親舊叙闊陳說平生濁酒一盃彈琴一曲志願畢矣足下若嬲嬲擿嬈也音義與嬈同奴了切之不置不過欲爲官得人以益時用耳足下舊知吾潦倒麤踈不切事情自惟亦皆不如今日之賢能也若以俗人皆喜榮華獨能離之以此爲快此最近之可得言耳言俗人皆喜榮華而已獨能離之以此爲快此最取近己之情可得言之耳然使長才廣度無所不淹而能不營乃可貴耳鄭玄禮記注曰淹復漬也若吾多病困欲離事自全以保餘年此真所乏耳言己離於俗事以自安全保其餘年此乃真性之所乏耳非如長才廣度之士而不營之豈可見黄門而稱貞哉若趣平欲

共登王塗期於相致時爲懽益一旦迫之必發其狂疾自非重怨不至於此也野人有快炙背而美芹子者欲獻之至尊列子曰宋國有田父常衣縕黂至春自暴於日當爾時不知有廣夏隩室綿纊狐貉顧謂其妻曰負日之暄人莫知之以獻吾君將有賞也其室告之曰昔人有美戎菽甘枲莖與芹子對鄉豪稱之鄉豪取嘗之苦於口躁於腹衆哂之雖有區區之意亦已疏矣李陵書曰孤負陵區區之意願足下勿似之其意如此既以解足下并以爲別

嵇康白

為石仲容與孫皓書臧榮緒晉書曰石苞字仲容太祖輔政都督楊州諸軍事進位征東大將軍又曰太祖遣徐劭孫郁至吴將軍石苞令孫楚作書與孫皓劭至吴不敢爲通　孫子荆

苞白蓋聞見機而作，周易所貴；小不事大，春秋所誅。周易曰：君子見幾而作，不俟終日。左氏傳曰：楚子伐鄭，子展曰：小所以事大，信也。小國無信，兵亂日至，亡無日矣。此乃吉凶之萌兆，榮辱之所由興也。是故許鄭以銜璧全國，曹譚以無禮取滅。左氏傳：楚子圍許，蔡侯將許僖公見楚子於武城，許男面縛銜璧。楚子問諸逢伯，對曰：昔武王克殷，微子啓如是。王親釋其縛，禮而命之，使復其所。楚子從之。又曰：楚子圍鄭，克之。鄭伯肉袒牽羊以逆。王曰：其君能下人。退三十里而許之平。又曰：晉公子重耳奔狄，及曹，曹共公聞其駢脅，欲觀其裸，浴，薄而觀之。及即位，晉侯圍曹。又曰：齊桓公之出也，過譚，譚不禮焉。及其入也，諸侯皆賀，譚又不至。冬，齊師滅譚，譚無禮也。載籍既記其成敗，古今又著其愚智矣。不復廣引譬類，崇飾浮辭，鄭玄孝經注曰：引譬連類。尚書序曰：翦截浮辭。苟以夸大爲名，更喪忠告之實。論語曰：忠告而善道之，不可則止，無自辱焉。令粗論事勢以相覺悟昔炎精幽昧厤數將終東觀漢記曰漢以炎精布燿或幽而光尚書曰天之厤數在爾躬桓靈失德災釁並興孝桓孝靈漢二帝也漢書詔策曰大禹能亡失德豺狼抗爪牙之毒生人陷荼炭之艱漢書杜文謂孫寳曰豺狼當路尚書曰夏有昏德民墜塗炭荼與塗字通用於是九州絕貫皇綱解紐周禮曰職方乃辨九州之國使同貫利荅賔戲曰廓帝紘恢皇綱四海蕭條非復漢有太祖承運神武應期春秋緯曰五德之運各象其類宋均曰運籙運也周易曰古之神武不殺者夫河圖闓苞受曰弟感苗裔出應期征討暴亂克寧區夏尚書曰用肇造我區夏協建靈符天命既集曹植大魏篇曰大魏應靈符天禄乃始毛詩曰有命既集遂廓洪基奄有魏域曹植魏德論曰武創洪基克光厥德毛詩曰奄有四方土則神州中岳器則九鼎猶存河圖括地象曰崑崙東南地方五千里名曰神州中

有五岳地圖帝王居之左氏傳王孫滿曰成王定鼎於郟鄏史記曰秦取周九鼎世載淑美重光相襲國語祭公謀父曰奕世載德尚書王曰昔我君文王武王宣重光新序孔子曰聖人雖生異世相襲若規矩固知四隩之攸同天下之壯觀也尚書曰九州攸同四隩旣宅封禪書曰此事天下之壯觀也公孫淵承籍父兄世居東裔魏志曰公孫度字叔濟本遼東襄平人度知中國擾攘自立爲遼東侯度死子康嗣位康死子晃淵等皆小衆立兄子恭爲遼東太守淵脅奪恭位景初元年徵淵淵遂發兵逆於遼東自立爲燕王擁帶燕胡馮凌險遠左氏傳子產曰今陳介恃楚衆馮凌弊邑講武盤桓不供職貢國語虢文公曰古者三時務農一時講武周禮曰制其職各以其所能制其貢各以其所有家語孔子曰古者分異姓以遠方之職貢所以無忘服也內傲帝命外通南國乘桴滄流交疇貨賄葛越布於朔土貂馬延乎吳會魏志曰公孫淵遣使南通孫權往來贍遺權使張彌

許晏等齎金玉珍寶立爲燕王論語子曰乘桴浮于海孔安國尚書傳曰草服葛越魏志曰夫餘國出名馬貂犹自以爲控弦十萬奔走足用漢書匈奴傳曰控弦之士三十餘萬信能右折燕齊左振扶桑凌轢沙漠南面稱王也山海經曰湯谷上有扶木扶木者扶桑也史記曰楚靈王兵強凌轢中原說文曰漠北方流沙也漢書李陵歌曰經萬里兮度沙漠周易曰聖人南面而聽天下宣王薄伐猛銳長驅魏志曰景初三年遣大司馬宣王征淵斬淵傳首洛陽戰國策曰樂毅輕卒銳兵長驅至齊師次遼陽而城池不守漢書曰遼東郡有遼陽縣桴鼓一震而元凶折首左氏傳曰援桴而鼓周易曰有嘉折首獲非其醜然後遠跡疆場列郡大荒史記樂毅書曰吳王遠跡至郢班固漢書述曰列郡祁連山海經有大荒收離聚散咸安其居毛詩序曰萬民離散不安其居民庶悅服殊俗款附尚書曰萬姓悅服過秦論曰餘威震于殊俗自茲遂隆九野

清泰淮南子曰所謂一者上通九天下貫九野高誘曰九野八方中央也東夷獻其樂器
肅愼貢其楛矢范曄後漢書曰東夷自少康巳後世服王化獻其樂舞魏志曰常道鄉公景元
三年肅愼國遣使重譯來貢弓長三尺五寸三十張楛矢長一尺八寸石砮三百枚曠卋不羈應
化而至崔寔本論曰孝宣帝方外安靜單于稽顙來朝百世不羈之虜也巍巍蕩蕩想
所具聞論語子曰大哉堯之爲君蕩蕩乎民無能名焉巍巍乎其有成功吳之先主起
自荆州遭時擾攘播潛江表吳志曰董卓專朝政孫堅亦舉兵荆州討卓引軍還
住魯陽范曄後漢書馮衍上疏曰遭擾攘之時值兵革之際劉備震懼亦逃巴岷蜀志
曰益州牧劉璋迎先主入益州至涪璋勅諸將勿復關通先主大怒進圍成都璋降先主領益州遂依
丘陵積石之固張載劒閣銘曰巖巖梁山積石峩峩三江五湖浩汗無涯
漢書曰吳有三江五湖之利也假氣游魂迄于四紀魏明帝善哉行曰權實堅子備則亡

夐假氣游魂鳥魚爲伍二邦合從子容東西唱和漢書合從連衡力政爭強毛詩曰叔兮伯兮唱予和汝互相扇動距捍中國自謂三分鼎足之勢可與泰山共相終始漢書曰蒯通說韓信曰方今足下三分天下鼎足而居戰國策呂不韋曰其寧泰山相國晉王輔相帝室魏志曰咸熙元年進晉公爵爲王文武桓桓志厲秋霜荀悅申鑒曰人主怒如秋霜廟勝之筭應變無窮孫子曰夫未戰而廟勝得筭多者也又曰善出奇正者無窮如天地獨見之鑒與衆絶慮春秋元命苞曰明王獨見四海歸往主上欽明委以萬機魏志曰陳留王奐字景明封常道鄉公高貴鄉公卒公卿議迎立尚書曰放勳欽明萬幾已見上文長轡遠御妙略潛授偏師同心上下用力稜威奮伐罙入其阻漢書曰武帝報李廣曰威稜憺乎鄰國毛詩曰罙入其阻裒荆之旅毛萇曰罙深也并敵一向奪其膽氣孫子兵法曰併敵一向千里殺將又曰三軍可奪氣將軍

可奪心小戰江介則成都自潰曜兵劍閣而姜維面縛魏志曰景元四年使征西將軍鄧艾鎮西將軍鍾會伐蜀艾自陰平先登至江介西蜀衛將軍諸葛瞻列陣待艾艾遣子惠唐亭侯忠等大破之斬瞻進軍到雒劉禪遣使奉皇帝璽綬爲箋詣艾會統十餘萬衆分從斜谷駱谷入平行至漢中姜維守劍閣距會維等聞瞻已破以其衆東入巴劉禪詣艾降勑維等令降於會維詣會降商君書曰小戰勝逐北無過五里左氏傳曰凡民逃其上曰潰面縛已見上文開地五千列郡三十師不踰時梁益肅清穀梁傳曰伐不踰時戰不逐奔使竊號之雄稽顙絳闕禮記曰拜而後稽顙傳亦西都賦曰巍巍巍絳闕球琳重錦充於府庫左氏傳曰齊侯歸衛侯夫人重錦三十兩夫虢滅虞亡韓并魏徙左氏傳曰晉滅虢虢公醜奔京師遂襲虞滅之執虞公史記曰秦始皇十七年攻韓得韓王安二十三年攻魏魏其王請降此皆前鑒之驗後事之師也戰國策張孟談謂趙襄子曰前事不忘後事之師又南

中吕興深覩天命吴志曰交阯郡吏吕興等殺太守孫諝使使如魏請太守及兵蟬蜕内向願爲臣妾淮南子曰蟬飲而不食三十日而蜕孝經曰治家者不敢失於臣妾外失輔車脣齒之援内有毛羽零落之漸左氏傳宫之奇曰諺所謂輔車相依脣亡齒寒而徘徊危國冀延日月此猶魏武侯却指河山以自强大殊不知物有興亡則所美非其地也史記曰吴起者衛人也魏武侯浮西河而下中流顧謂吴起曰美哉山河之固此魏之寶也起對曰在德不在險若君不修德則舟中之人盡爲敵國也武侯曰善方今百僚濟濟儁乂盈朝尚書曰百僚師師又曰俊乂在官虎臣武將折衝萬里毛詩曰進厥虎臣闞如虓虎晏子春秋孔子曰不出罇俎之間而折衝千里之外晏子之謂也國富兵强六軍精練新序曰孫叔敖相楚國富兵强思復翰飛飲馬南海毛詩曰翰飛戾天鄭玄曰翰高也李陵與蘇武書曰陵當爲單于畜兵養士循先將軍之令將飲馬河洛收珠南海自頃國

家整治器械禮記曰聖人異器械鄭玄曰器械兵甲也修造舟楫簡習水戰伐樹北山則太行木盡高誘呂氏春秋注曰太行山在河內野王縣北濬决河洛則百川通流尚書大傳曰百川趨於海樓船萬艘蘇勞千里相望漢書曰江淮以南樓舡十萬自剡木以來舟車之用未有如今日之盛者也周易曰黃帝堯舜剡木爲舟剡木爲檝驍勇百萬畜力待時役不再舉今日之謂也六韜太公謂武王曰聖人興兵爲天下除患去賊非利之也故役不再籍一舉而畢然主上眷眷未便電邁者以爲愛民治國道家所尚老子曰愛人治國能無知乎崇城自卑文王退舍左氏傳子魚言於宋公曰文王聞崇侯德亂而伐之軍三旬而不降退修教而復伐之因壘而降故先開示大信喻以存亡羽勤之旨往使所究若能審識安危自求多福毛詩曰永言配命自

求多福蹷然改容祗承往告漢書曰陸賈說尉佗佗於是蹷然起坐謝賈稱臣奉漢約追慕南越嬰齊入侍漢書曰南越王胡立天子使嚴助往喻意南越王胡遣其子嬰齊入侍宿衛北面稱臣伏聽告策禮記曰君之南鄉也荅陽之義也臣之北面也荅君也則世祚江表永爲藩輔左氏傳王賜齊侯命曰世祚太師豐報顯賞隆於今日矣若侮慢不式王命然後謀力雲合指麾風從范曄後漢書張綱謂張嬰曰大兵雲合豈不危乎雍益二州順流而東青徐戰士列江而西荆楊兗豫爭驅入衝征東甲卒虎步秣陵征東即石苞也李陵詩曰幸託不肖軀且當猛虎步漢書曰丹陽郡有秣陵縣爾乃皇輿整駕六師徐征羽檄燭日旌旗流星羽鳥羽也漢書高祖曰吾以羽檄徵天下兵檄或爲校遊龍曜路歌吹盈耳周禮曰凡馬八尺爲龍樂稽耀嘉曰武王興師誅于商

萬國咸喜前歌後舞論語子曰洋洋乎盈耳哉士卒奔邁其會如林尚書曰受率其旅若林煙塵俱起震天駭地渴賞之士鋒鏑爭先忽然一旦身首橫分宗祀屠覆取誡萬世引領南望良以寒心左氏傳穆叔謂晉侯曰引領西望曰庶幾乎高唐賦曰寒心酸鼻夫治膏肓者必進苦口之藥決狐疑者必告逆耳之言左氏傳曰晉景公夢疾爲二豎子一曰居肓之上一曰居膏之下若我何史記曰沛公入秦宮樊噲諫沛公不聽張良曰忠言逆耳利於行良藥苦口利於病願公聽樊噲言楚辭曰心猶豫而狐疑如其迷謬未知所投恐俞附見其已困扁鵲知其無功也列子曰楊朱之友曰季梁得病七日大漸謁盧俞氏俞氏曰汝始則胎氣不足乳湩有餘疾非一朝一夕之故其所由來者漸矣季梁曰良醫也且食之史記虢中庶子曰上古之時醫病不以湯液又曰扁鵲過齊桓侯客之入朝見曰君有疾在腠理不療將深桓侯曰寡人無疾過五

日扁鵲復見曰君有疾在腸胃間不療將深桓侯不應後五日扁鵲復見望桓侯而走桓侯使人問其故扁鵲曰疾其在骨髓雖司命無奈何今在骨髓臣是以無請也後五日桓侯體痛使人召扁鵲扁鵲已逃去桓侯遂死郭璞穆天子傳注曰湩乳汁也竹用切勉思良圖惟所去就左氏傳令尹子常曰敢弗良圖曾子曰君子慎其所去就石苞白

與嵇茂齊書

趙景真嵇紹集曰趙景真與從兄茂齊書時人誤謂呂仲悌與先君書故具列本末趙至字景真代郡人州辟遼東從事從兄太子舍人蕃字茂齊與至同年相親至始詣遼東時作此書與茂齊干寶晉紀以爲呂安與嵇康書二說不同故題云景真而書曰安

安白昔李叟入秦及關而歎梁生適越登岳長謡列子曰楊

朱南之沛老聃西游於秦邀於郊至梁而過老子老子中道仰天歎曰始以汝爲可教今不可教也揚朱曰請聞其過老子曰雎雎而盱盱而誰與居范曄後漢書梁鴻字伯鸞扶風人也東出關過京師作五噫之歌曰陟彼北邙兮噫顧瞻帝京兮噫宮室崔嵬兮噫人之劬勞兮噫遼遼未央兮噫肅宗聞而非之求鴻不得居齊魯之閒又去適吳然老子之歎不爲入秦梁鴻長謠不由適越且復以至郊爲及關升邙爲登岳斯蓋取意而略文也

夫以嘉遯之舉猶懷戀恨況乎不得已者哉周易曰嘉遯貞吉惟別之後離群獨游背榮宴辭倫好經迴路涉沙漠鳴雞戒旦則飄爾晨征燕禮曰燕小臣戒盥者鄭玄曰警戒告語焉陳琳武軍賦曰啓明戒旦長庚告昏日薄西山則馬首靡託漢書揚雄反騷曰恐日薄於西山左氏傳荀偃曰唯余馬首是瞻尋歷曲阻則沈思紆結乘高遠眺則山川悠隅或乃迴飆狂厲白日寢光踦嶇交錯陵隰相望徘徊

九皋之内慷慨重皋之巔毛詩曰鶴鳴九皋進無所依退無所據涉澤求蹊披榛覓路嘯詠溝渠良不可度斯亦行路之艱難然非吾心之所懼也至若蘭茝傾頓桂林移植根萌未樹牙淺絃急常恐風波潛駭危機密發斯所以怵惕於長衢按轡而歎息也喻身之危也根萌未樹故恐風波潛駭牙淺絃急故懼危機密發也本或有於長衢之下云按轡而歎息者非也又北土之性難以託根投人夜光鮮不按劍鄒陽上書曰夜光之璧以闇投人於道衆人莫不按劍也今將植橘柚於玄朔蔕華藕於脩陵曹植橘賦曰背江洲之氣煖處玄朔之肅清淮南子曰夫以其所脩而游不用之鄉若樹荷山上畜火井中也表龍章於裸壤奏韶舞於聾俗固難以取貴矣龍袞龍之服也章章甫之冠也裸壤文身也莊子曰宋人資章

甫適諸越越人斷髮文身無所用之又肩吾曰聾者無以與乎鍾鼓之聲夫物不我貴則莫之與莫之與則傷之者至矣周易曰無交而求則人不與也莫之與則傷之者至矣飄飄遠游之士託身無人之鄉揔轡遐路則有前言之艱懸鑒陋宇則有後慮之戒前言之艱謂經迥路涉沙漠以下也後慮之戒謂北土之性難以託根以下也朝霞啓暉則身疲於遄征蔡琰詩曰遄征日遐邁太陽戢曜則情劬於夕惕正麻曰日太陽也周易曰夕惕若厲肆目平隰則遼廓而無覩極聽脩原則淹寂而無聞吁其悲矣心傷悴矣然後乃知步驟之士不足爲貴也若廼顧影中原憤氣雲踊哀物悼世激情風烈龍睇大野虎嘯六合猛氣紛紜雄心四據阮元瑜爲曹公與孫權書曰大丈夫雄心能無憤發思躡雲

梯橫奮八極披艱掃穢蕩海夷岳范曄後漢書田邑與馮衍書曰欲摇太山蕩北海蹴崐崘使西倒蹋太山令東覆平滌九區恢維宇宙斯亦吾之鄙願也劉騊駼郡太守箴曰大漢遵因化洽九區時不我與垂翼遠逝周易曰明夷于飛垂其翼君子于行三日不食有攸往鋒鉅靡加翅翮摧屈自非知命誰能不憤悒者哉周易曰樂天知命故不憂吾子植根芳苑擢秀清流布葉華崖飛藻雲肆俯據潛龍之淵仰蔭棲鳳之林榮曜眩其前豔色餌其後良儔交其左聲名馳其右翺翔倫黨之間弄姿帷房之裏從容顧眄綽有餘裕俯仰吟嘯自以爲得志矣豈能與吾同大丈夫之憂樂者哉去矣嵇生永離隔矣煢煢飄寄臨沙漠矣悠悠三

千路難涉矣攜手之期邈無日矣思心彌結誰云釋矣無金玉爾音而有遐心毛詩曰無金玉爾音而有遐心身雖胡越意存斷金淮南子曰自其異者視之肝膽胡越也周易曰二人同心其利斷金各敬爾儀敦履璞沈毛詩曰各敬爾儀繁華流蕩君子弗欽臨書悵然知復何云

與陳伯之書劉璠梁典曰帝使呂僧珍寓書於陳伯之丘遲之辭也伯之歸于魏爲通散常侍何之元梁典云天監五年前平南將軍陳伯之以其衆自壽陽歸降不書伯之前史失之梁史以爲丘遲與伯之書　丘希範

遲頓首陳將軍足下無恙幸甚幸甚將軍勇冠三軍才爲世出李陵與蘇武書曰陵先將軍功略蓋天地義勇冠三軍蘇武荅李陵書曰每念足下才爲世生器爲時出棄燕雀之小志慕鴻鵠以高翔史記曰陳涉嘗爲人庸耕輟耕壠上

悵恨久之曰苟富貴無相忘庸者笑而應之曰若爲庸
耕何富貴也陳涉太息曰嗟乎鷰雀安知鴻鵠之志哉
昔因機變化遭遇明主劉璠梁典曰高祖得陳虎牙幢主蘇隆厚加禮賜使致命江州
刺史陳伯之伯之虎牙父也蘇隆還稱伯之許降立功
乃遣鄧元起前驅逼之伯之聞師近以應義師
立事開國稱孤延篤與張奐書曰烈士殉名立功立事周易曰大君有命開國承家老子曰王
侯自稱孤寡不穀朱輪華轂擁旄萬里何其壯也史記蒯通說武信君曰今
范陽令乘朱輪華轂班固涿邪山祝文曰杖節擁旄征
人伐鼓荀悅漢記曰今之州牧號爲萬里漢書樊噲說
高祖曰始陛下定天下何其壯也如何一旦爲奔亡之虜聞鳴鏑而股
戰對穹廬以屈膝又何劣邪漢書曰冒頓乃作爲鳴鏑音義曰箭鏑也如今鳴箭
史記曰魏勃退立股戰漢書烏孫公主歌曰穹廬爲室
兮旃爲牆音義曰穹廬旃帳也喻巴蜀文曰交臂受事
屈膝請和漢書樊噲曰今天下已定又何憊邪尋君去就之際非有他故直以

不能內審諸己外受流言呂氏春秋曰君子必審諸己然後任尚書曰管叔乃流言於國沈迷猖獗以至於此劉公幹雜詩曰沈迷領簿書回回自昏亂蜀志先主謂諸葛亮曰孤遂用猖獗至于今日志猶未已聖朝赦罪責功棄瑕錄用鄒潤甫爲諸葛穆荅晉王令曰高世之君赦罪責功略小收大吳志陸瑁與曁豔書曰此乃漢高棄瑕錄用之時也推赤心於天下安反側於萬物東觀漢記曰上破銅馬等封降賊渠率諸將未能信賊亦兩心上勑降賊各歸營勒兵待上輕騎入按行賊營賊將曰蕭王推赤心置人腹中安得不効死又曰漢兵破邯鄲誅王郎收文書得吏人謗毀公言可擊者數千章公會諸將燒之曰令反側子自安將軍之所知不假僕一二談也長楊賦曰僕甞倦談不能一二其詳朱鮪涉血丁牒切與喋同於友于張繡剚刃於愛子漢主不以爲疑魏君待之若舊謝承後漢書曰光武攻洛陽朱鮪守之上令岑彭説鮪曰赤眉已得長安更始爲胡殷所反害今公誰爲

守乎鮪曰大司徒公被害鮪與其謀誠知罪深不敢降耳彭還白上上謂彭復往明曉之夫建大事不忌小怨今降官爵可保況誅罰乎春秋合誠圖曰戰龍門之下涉血相創如淳漢書注曰殺血滂沱爲喋血尚書曰孝乎惟孝友于兄弟魏志曰建安二年公到宛張繡降既而悔之復反公與戰軍敗爲流矢所中長子昂弟子安民遇害四年張繡率衆降封列侯漢書曰蒯通說范陽令曰慈父孝子所不敢剚刃公之腹者畏秦法也李奇曰東方之人以物插地中皆爲剚也況將軍無昔人之罪而勳重於當世夫迷塗知反往哲是與楚辭曰迴朕車而復路及迷塗之未遠不遠而復先典攸高主上屈法申恩吞舟是漏范曄後漢書明帝詔曰先帝不忍親親之恩枉屈大法鹽鐵論曰明王茂其德教而緩其刑罰網漏吞舟之魚將軍松柏不翦親戚安居仲長子昌言曰古之葬松柏梧桐以識其墳高臺未傾愛妾尚在桓子新論雍門周說孟嘗君曰千秋萬歲後高臺既已傾曲池又已平悠悠爾心亦何可言

毛詩曰青青子衿悠悠我心今功臣名將鴈行有序應劭漢官儀典職楊喬糾羊柔曰柔知丞郎鴈行威儀有序佩紫懷黃讚帷幄之謀魏書荀攸勸進曰諸將佩紫懷金蓋以數百史記蔡澤曰懷黃金之印結紫綬於腰東觀漢記詔鄧禹曰將軍深執忠孝與朕謀謨帷幄秉軺建節奉疆場之任如淳漢書注曰二馬爲軺傳漢書曰終軍爲謁者使行郡國建節敕出関左氏傳曰齊人來侵魯疆疆吏來告公曰疆場之事慎守其一並刑馬作誓傳之子孫漢書曰漢王即皇帝之位論功而封之申以丹書之信重以白馬之盟將軍獨醜顏借命驅馳氊裘之長寧不哀哉毛詩曰有醜面目司馬遷書曰氊裘之君長咸震懼夫以慕容超之強身送東市姚泓之盛面縛西都沈約宋書曰慕容超大掠淮北宋公表請北伐遂屠廣固超踰城走高胥獲之送超京師斬于建康又曰公以舟師進討至洛陽王鎮惡尅長安生禽姚泓執送泓斬于建康市左氏傳曰楚子圍許許僖公見楚子於武城面縛銜璧

故知霜露所均不育異類禮記曰天之所覆地之所載日月所照霜露所墜李陵與蘇武書曰但見異類姬漢舊邦無取雜種姬周姓也漢書曰匈奴凡二十四長呼衍氏蘭氏後有須卜氏此三姓其貴種也北虜僭盜中原多歷年所魏收後魏書曰太祖道武諱珪改稱魏王都平城孝文皇帝諱宏自平城遷都洛陽東觀漢記曰北虜遣使和親尚書周公曰故殷陟配天多歷年所惡積禍盈理至燋爛周易曰惡不積不足以滅身故惡積而不可掩燋爛見下文況偽孽昏狡自相夷戮魏收後魏書曰世宗宣武帝諱恪景元三年蕭衍廢其主寶融自僭立稱梁宣武即位凡一十六年然梁武之初當宣武之日偽孽蓋指宣武也虞預晉書西陽王羕上書曰朱旗南指自相夷戮部落攜離酋豪猜貳晉中興書曰胡俗以部落為種類屠各取豪貴文穎漢書注曰羌胡名大師為酋國語伯陽父曰國之將亡百姓攜貳韋昭曰攜離也貳二心也方當繫頸蠻邸懸首藁街漢書曰沛公至霸上秦王子嬰係頸以組又陳湯上疏曰斬郅支

首及名王以下宜懸頭槀街蠻夷邸間而將軍魚游於沸鼎之中，鷰巢於飛幕之上，不亦惑乎！袁崧後漢書朱穆上䟽曰：養魚沸鼎之中，棲鳥烈火之上，用之不時，必也燋爛。左氏傳曰：吳季札曰：夫子之在此也，猶鷰巢于幕之上。暮春三月，江南草長，雜花生樹，羣鸎亂飛。見故國之旗鼓，感平生於疇日，撫絃登陴，婢移切。豈不愴悢！袁宏漢獻帝春秋臧洪報袁紹書曰：每登城勤兵，望主人之旗鼓，感故交之綢繆，撫弦搦矢，不覺涕流之覆面也。左氏傳曰：晉邊吏讓鄭曰：今執事撊然授兵登陴。所以廉公之思趙將，吳子之泣西河，史記曰：廉頗爲趙將，伐齊，大破之，拜爲上卿。趙孝成王卒，悼襄王立，使樂乘代之。頗怒，攻樂乘，樂乘遂奔魏之大梁。久之，魏王不能信用，而趙亦數困於秦兵，趙王思復得廉頗，廉頗亦思復用於趙。王以爲老，遂不召。呂氏春秋曰：吳起治西河，王錯譖之魏武侯，武侯使人召吳起。至岸門，止車而立，望西河，泣數下。其僕曰：竊觀公之志，視天下若舍屣，今去西河而泣，何也？吳起雪泣應

之曰子弗識也君誠知我而使我畢能秦必可亡西河今君聽讒人之議不知我西河之爲秦不久矣起入荊西河果入秦

人之情也將軍獨無情哉司馬遷與任安書曰夫人情莫不念父母顧妻子莊子惠子曰人故無情乎

想早勵良規自求多福魏志明帝報王朗詔曰欽納至言思聞良規多福已見上文

當今皇帝盛明天下安樂皇帝梁武也解嘲曰遭盛明之世漢書曰孝惠高后時天下安樂

白環西獻楛矢東來世本曰舜時西王母獻白環及佩家語孔子曰昔武王尅商於是肅愼氏貢楛矢石砮

夜郎滇池解辮請職朝鮮昌海蹶角受化漢書曰夜郎滇池皆椎結嶲昆明編髮漢拜唐蒙郎中遂見夜郎王多同又曰始楚威王時使將軍莊繑將兵略巴黔中繑至滇池欲歸報會秦奪楚黔中郡道塞不通以其衆王滇池又朝鮮王滿燕人孝惠高后時滿爲外臣又曰西域有呂蒲海一名鹽澤去玉門陽關三百餘里孟子曰武王之伐邦也百姓若崩厥角趙岐曰厥角叩頭以額角犀厥地也

唯北狄野心掘強沙塞

之間欲延歲月之命耳左氏傳令尹子文曰諺云狼子野心漢書伍被說淮南王曰東保會稽南通勁越屈強江淮之間可以延歲月之壽耳范曄後漢書匈奴論曰世祖用事諸夏未遑沙塞之事中軍臨川殿下何之元梁典曰高祖即位以宏爲臨川郡王天監三年以宏爲中軍將軍明德茂親揔兹戎重劉璠梁典曰天監四年詔臨川王宏北討于寶晉紀河間王顒表曰成都王穎明德茂親功高勲重晉中興書桓温檄曰幕府不才忝荷戎重弔民洛汭伐罪秦中孟子曰湯始征自葛始誅其君弔其民尚書曰東至于洛汭又曰奉詞伐罪漢書田肯曰陛下既得韓信又治秦中若遂不改方思僕言聊布往懷君其詳之顔延之和謝靈運詩曰聊用布所懷丘遲頓首

重荅劉秣陵沼書劉璠梁典曰劉沼字明信爲秣陵令劉孝標劉峻

自序曰峻字孝標平原人也生於秣陵縣朞月歸故鄉八歲遇桑梓顛覆身充僕圉齊永

明四年二月逃還京師後爲崔豫州刑獄參
軍梁天監中詔峻東掌石渠閣以病乞骸骨
後隱東陽
金華山

劉侯既重有斯難值余有天倫之戚竟未之致也孝標
集有
沼難辨命論書穀梁傳曰兄弟天
倫也何休曰兄先弟後天之倫次尋而此君長逝化爲
異物魏文帝與吳質書曰
元瑜長逝化爲異物緒言餘論蘊而莫傳莊子謂
漁父曰
曩者先生有緒言而去子
虛賦曰願聞先生之餘論或有自其家得而示余者余
悲其音徽未沫眛而其人已亡楚辭曰芳菲菲而難虧
兮芳至今猶未沫王逸
曰沬已也孫卿子曰其器存其
人亡以此思哀則哀將焉不至青簡尚新而宿草將列
風俗通曰劉向別録殺青者直治青竹作簡
書之耳禮記曰朋友之墓有宿草而不哭焉泫然不知
涕之無從也禮記門人曰防墓崩孔子泫然流涕又曰
孔子之衛遇舊館人之喪入而哭之遇一

哀而出涕曰予惡夫涕之無從也**雖隙駟不留尺波電謝**墨子曰人之生乎地上無幾何也譬之猶駟而過郄也郄古隙字也陸機詩曰寸陰無停晷尺波豈徒旋**而秋菊春蘭英華靡絕**楚辭曰春蘭兮秋菊長無絕兮終古**故存其梗槩更酬其旨**東京賦曰其梗槩如此**若使墨翟之言無爽宣室之談有徵**墨子曰昔周宣王殺其臣杜伯而不辜杜伯曰吾君殺我而不辜若以死者爲無知則止矣若死而有知不出三年必使吾君知之期三年周宣王合諸侯而田於圃車數百乘從數千人滿野日中杜伯乘白馬素車朱衣冠執朱弓挾朱矢追宣王射之車上中心折脊殪車中伏弢而死若書之説觀之則鬼神之有豈可疑哉漢書曰文帝受釐宣室因感鬼神事問鬼神之本賈誼具道所以然之故**冀東平之樹望咸陽而西靡蓋山之泉聞絃歌而赴節**聖賢冢墓記曰東平思王冢在東平無鹽人傳云思王歸國京師後葬其冢上松柏西靡宣城記曰臨城縣南四十里蓋山高百許丈有舒姑泉昔有舒氏女與其父析

薪此泉處坐牽挽不動乃還告家比還唯見清泉湛然女母曰吾女本好音樂乃紡歌泉涌迴流有朱鯉一雙今作樂嬉戲泉固涌出也文賦曰舞者赴節以投袂但懸劒空壠有恨如何劉向新序曰延陵季子將西聘晉帶寶劒以過徐君徐君不言而色欲之季子爲有上國之事未獻也然心許之矣致使於晉顧反則徐君死於是以劒帶徐君墓樹而去

移書讓太常博士并序　劉子駿漢書曰劉歆字子駿向少子也少通詩書能屬文爲黄門郎至中壘校尉王莽篡位爲羲和京兆尹卒

歆親近欲建立左氏春秋及毛詩逸禮古文尚書皆列於學官哀帝令歆與五經博士講論其議諸儒博士或不肯置對言諸博士既不肯立左氏而又不肯與歆論議相對也歆因移書太常博士責讓之曰昔唐虞既衰而三代迭興聖帝明王累

起相襲其道甚著周室既微而禮樂不正道之難全也如此是故孔子憂道不行歷國應聘自衛反魯然後樂正雅頌乃得其所論語子曰吾自衛反魯然後樂正雅頌各得其所修易序書制作春秋以記帝王之道論語讖曰自衛反魯删詩書修春秋春秋元命苞孔子曰丘作春秋王道成及夫子沒而微言絶七十子卒而大義乖論語讖曰子夏六十四人共撰仲尼微言重遭戰國棄籩豆之禮理軍旅之陣孔氏之道抑而孫吴之術興論語曰衛靈公問陳於孔子孔子對曰俎豆之事則嘗聞之矣軍旅之事未之學也漢書曰孫子兵法八十二篇又曰吴起三十八篇陵夷至于暴秦焚經書殺儒士設挾書之法行是古之罪道術由此遂滅漢書武帝制曰大道微缺陵夷至于桀紂之行作史記李斯曰臣請天下敢有藏詩書百家語者悉詣

廷尉雜燒之以古非今者族又盧生爲始皇求仙藥士去始皇大怒使御史按問諸生諸生犯禁者四百六十八人皆坑之咸陽漢興去聖帝明王遐遠仲尼之道又絶法度無所因襲時獨有一叔孫通略定禮儀漢書叔孫通曰臣願頗采古禮與秦儀雜就之上曰可天下惟有易卜未有他書漢書曰秦燔書而易爲筮卜之事傳者不絶至於孝惠之世乃除挾書之律漢書曰孝惠四年除挾書律然公卿大臣絳灌之屬咸介冑武夫莫以爲意楚漢春秋曰漢已定天下論羣臣破敵禽將活死不衰絳灌樊噲是也功成名立臣爲爪牙世世相屬百世無邪絳侯周勃是也然絳灌自一人非絳侯與灌嬰至孝文皇帝始使掌故晁錯從伏生受尚書史記曰伏生者濟南人也故爲秦博士孝文聞伏生修尚書年九十餘老不能行詔太常掌故晁錯往受之尚書初出於屋壁朽折散絶漢書曰秦燔書禁學濟南伏生獨壁

藏之漢士失求得二十九篇也今其書見在時師傳讀而已詩始萌芽天下衆書往往頗出皆諸子傳説猶廣立於學官爲置博士在朝之儒唯賈生而已賈生賈誼也至孝武皇帝然後鄒魯梁趙頗有詩禮春秋先師皆出於建元之間漢書曰建元孝武皇帝年號也當此之時一人不能獨盡其經或爲雅或爲頌相合而成成一經也泰誓後得博士集而讚之七略曰孝武皇帝末有人得泰誓書於壁中者獻之與博士使讚説之因傳以教今泰誓篇是也故詔書曰禮壞樂崩書缺簡脱䏌甚閔焉禮稽命徵曰文王見禮壞樂崩道孤而無主也時漢興巳七八十年離於全經固以遠矣服虔漢書注曰漢與秦相去七八十年韋昭曰全經未焚書之時也及魯恭王壞孔子宅欲以爲宫而得古文於壞

壁之中逸禮有三十九篇書十六篇天漢之後孔安國獻之遭巫蠱倉卒之難未及施行漢書曰武帝末魯恭王壞孔子宅欲以廣宫而得古文尚書及禮論語孝經孔安國者孔子後也悉得其書以考二十九篇得多十六篇安國獻之遭巫蠱事未列于學官天漢武帝年號也及春秋左氏丘明所脩漢書曰仲尼以魯周公之國史官有法故有左丘明觀其史記丘明作傳皆古文舊書多者二十餘通藏於祕府伏而未發孝成皇帝愍學殘文缺稍離其真乃陳發祕藏校理舊文得此三事以考學官所傳經或脫簡或脫編漢書曰劉向以古文校歐陽大小夏侯三家經文酒誥脫一簡召誥脫二簡博問人閒則有魯國桓公趙國貫公膠東庸生之遺學與此同抑而未施七略曰禮家先魯有桓生說經頗異論語家近琅邪王卿不審名及膠東庸生皆以教然

則庸生亦未詳其名也此乃有識者之所歎愍士君子之所嗟痛也往者綴學之士不思廢絶之闕苟因陋就寡分文析字煩言碎辭學者罷老且不能究其一藝信口說而背傳記是末師而非往古至於國家將有大事若立辟雍封禪巡狩之儀則幽冥而莫知其原猶欲保殘守缺挾恐見破之私意而亡從善服義之公心或懷疾妬不考情實雷同相從隨聲是非禮記曰無雷同抑此三學以尚書為不備謂左氏不傳春秋豈不哀哉臣瓚漢書注曰當時學者謂尚書唯有二十八篇不知本有百篇今聖上德通神明繼統揚業亦愍此文教錯亂學士若茲雖深照其情猶依違謙讓樂與士君

子同之故下明詔試左氏可立不遺近臣奉旨銜命將
以輔弱扶微與二三君子比意同力冀得廢遺今則不
然深閉固距而不肯試猥以不誦絶之欲以杜塞餘道
絶滅微學夫可與樂成難與慮始太公金匱曰夫人可以樂成難以慮始
此乃衆庶之所爲耳非所望於士君子也且此數家之
事皆先帝所親論今上所考視其爲古文舊書皆有徵
驗内外相應豈苟而已哉夫禮失求之於野古文不猶
愈於野乎漢書班固曰仲尼有言禮失而求諸野往者博士書有歐陽春
秋公羊易則施孟漢書曰歐陽生字和伯千乘人也事伏生又曰樂陵侯史高言穀梁子本
魯學公羊氏迺齊學又曰施讎字長卿沛人也從田王孫受易又曰孟喜字長卿東海人也從田王孫受易

然孝宣帝猶復廣立穀梁春秋梁丘易大小夏侯尚書漢書曰梁丘字長翁琅邪人也從京房受易又曰夏侯勝從濟南伏生受尚書勝傳從兄子建建又事歐陽高由是尚書有大小夏侯之學義雖相反猶並置之何則與其過而廢之寧過而立之傳曰文武之道未墜於地在人賢者志其大者不賢者志其小者論語子貢曰文武之道未墜於地在人賢者識其大者不賢者識其小者今此數家之言所以兼包大小之義豈可偏絕哉若必專己守殘黨同門妬道真違明詔失聖意以陷於文吏之議甚為二三君子不取也

北山移文　孔德璋

蕭子顯齊書曰孔稚珪字德璋會稽人也少涉學有美譽舉秀才解褐宋安成王車騎法曹行參軍稍遷至太子詹事卒

鍾山之英，草堂之靈，梁簡文帝草堂傳曰：汝南周顒，昔經在蜀，以蜀草堂寺林壑可懷，乃於鍾嶺雷次宗學館立寺，因名草堂，亦號山茨。馳煙驛路，勒移山庭。夫以耿介拔俗之標，蕭灑出塵之想，楚辭曰：獨耿介而不隨。孫盛晉陽秋曰：呂安志量開曠，有拔俗風氣。莊子曰：孔子彷徨塵垢之外，逍遙無爲之業。度白雪以方絜，干青雲而直上，吾方知之矣。孟子曰：白雪之白也，猶白玉之白也。子虛賦曰：上干青雲。若其亭亭物表，皎皎霞外，芥千金而不盻，屣萬乘其如脫，爾雅曰：芥，草也。史記曰：秦軍引去，平原君乃置酒，酒酣，起前以千金爲魯連壽。魯連笑曰：所貴於天下之士者，爲人排患釋難解紛而不取也。即有取者，是商賈之事，而連不忍爲也。遂辭平原君而去。淮南子曰：堯年衰志閔，舉天下而傳之舜，猶却行而脫屣也。許慎曰：言其易也。劉熙孟子注曰：屣，草屨，可履。聞鳳吹於洛浦，值薪歌於延瀨，固亦有焉。列仙傳曰：王子喬，周宣王太子晉也，好吹笙，作鳳鳴，遊伊

雒之間薪歌延瀨未聞豈期終始參差蒼黃翻覆淚翟子之悲
慟朱公之哭終始參差歧路也蒼黃翻覆素絲也翟墨翟也朱楊朱也淮南子曰楊子見歧路而
哭之爲其可以南可以北墨子見練絲而泣之爲其可以黃可以黑高誘曰閔其別與化也作迴跡
以心染或先貞而後黷何其謬哉蒼頡篇曰黷垢也嗚呼尚生
不存仲氏既往山阿寂寥千載誰賞尚生子平也已見上文范曄後漢書
曰仲長統字公理山陽人也性俶儻默語無常每州郡命召輒稱疾不就世有周子雋俗之
士蕭子顯齊書曰周顒字彥倫汝南人也釋褐海陵國侍郎元徽中出爲剡令建元中爲長沙王後軍參軍
山陰令稍遷國子博士卒於官既文既博亦玄亦史然而學遁東魯習
隱南郭莊子曰魯君聞顏闔得道人也使人以幣先焉顏闔守陋閭使者至曰此顏闔之家與顏闔對
曰此闔之家使者致幣顏闔對曰恐聽謬而遺使者罪不若審之使者反審之復來求之則不得矣又曰南郭

子綦隱机而坐仰天嗒然似喪其偶郭象曰嗒焉解體若失其配匹也嗒土合切偶吹草堂濫
巾北岳偶吹即齊竽也偶匹對之名巾隱者之飾東觀漢記曰江華專心養母幅巾屣屩誘我
松桂欺我雲壑雖假容於江皋乃纓情於好爵楚辭曰將馳騖兮江皋周易曰我有好爵吾與爾縻之
其始至也將欲排巢父拉許由傲
百氏蔑王侯風情張日霜氣橫秋或歎幽人長往或怨
王孫不遊周易曰幽人貞吉西征賦曰悮山潛之逸士悼長往而不反楚辭曰王孫遊兮不歸春草生兮萋萋
談空空於釋部覈玄玄於道流蕭子顯齊書曰顒汎涉百家長於佛理著三宗論兼善老易釋部內典也漢書曰道家流者出於史官厤記成敗存亡禍福古今之道也務光
何足比涓子不能儔列仙傳曰務光者夏時人也耳長七寸好琴服蒲韭根㓶湯伐桀因光而謀光曰非吾事也湯得天下巳而讓光光遂負石沈窽水而自匿列仙傳曰涓子者齊人也好餌术隱於

宕山能風及其鳴騶入谷鶴書赴隴如淳漢書注曰騶馬以給騶使乘之臧榮緒晉書曰騶六人蕭子良古今篆隸文體曰鶴頭書與偃波書俱詔板所用在漢則謂之尺一簡髣髴鵠頭故有其稱形馳魄散志變神動爾乃眉軒席次袂聳筵上焚芰製而裂荷衣抗塵容而走俗狀楚辭曰製芰荷以爲衣集芙蓉而爲裳王逸曰製裁也風雲悽其帶憤石泉咽而下愴望林巒而有失顧草木而如喪至其紐金章綰墨綬金章銅印也漢書曰萬户以上爲令秩千石至六百石又曰秩六百石以上皆銀印墨綬跨屬城之雄冠百里之首蔡邕陳留太守行縣頌曰府君勸耕桑于屬縣漢書曰縣大率百里張英風於海甸馳妙譽於浙右阮籍詠懷詩曰英風截雲霓字書曰江水東至會稽山陰爲浙右道帙長殯法筵久埋敲扑諠囂犯其慮牒訴倥偬裝其懷過秦論曰執敲扑以鞭笞天

下楚辭曰悲余生之無歡兮愁倥偬於山陸王逸曰倥偬困苦也琴歌既斷酒賦無續

董仲舒集七言琴歌二首西京雜記鄒陽酒賦常綢繆於結課每紛綸於折獄

廣雅曰課第也然今考第爲課也尚書王曰哀敬折獄明啓刑書籠張趙於往圖架卓

魯於前籙漢書曰張敞字子高稍遷至山陽太守又曰趙廣漢字子都涿郡人也爲陽翟令以化行

尤異遷京輔都尉范曄後漢書曰卓茂字子康南陽人也遷密令視人如子吏人親愛而不忍欺又曰魯恭字

仲康扶風人也拜中牟令螟傷稼犬牙緣界不入中牟希蹤三輔豪馳聲九州牧

漢書曰内史武帝更名京兆尹左内史更名左馮翊主爵中尉更名右扶風是爲三輔左氏傳王孫滿曰夏之

方有德也貢金九牧杜預曰九州之牧貢金也使我高霞孤映明月獨舉成公綏鷹

賦曰陵高霞而輕舉青松落陰白雲誰侶磵石摧絶無與歸石逕

荒涼徒延佇至於還飇入幕寫霧出楹蕙帳空兮夜鵠

怨山人去兮曉猨驚昔聞投簪逸海岸今見解蘭縛塵纓投簪疎廣也東海人故曰海岸也摯虞徵士胡昭賛曰投簪卷帶韜聲匿跡蘭蘭佩也於是南岳獻嘲北壟騰笑列壑爭譏攢峯竦誚慨遊子之我欺悲無人以赴弔礼記曰凡訃於其君之臣曰某死鄭玄曰訃或作赴赴至也故其林慙無盡磵愧不歇秋桂遺風春蘿罷月騁西山之逸議馳東皐之素謁馳騁猶宣布也逸議隱逸之議也素謁貧素之謁也史記伯夷叔齊詩曰登彼西山兮採其薇矣阮籍奏記曰將耕東皐之陽稚珪集訓張長史詩曰同貧清風館共素白雲室杜預左氏傳注曰謁告也謂告語於人亦談議之流今又促裝下邑浪拽翊制上京楚辭曰漁父鼓拽而去王逸曰船舷也浪猶鼓也韋昭漢書注曰拽楫也雖情投於魏闕或假步於山扃呂氏春秋曰中山公子牟謂詹子曰身在江海之上心居魏闕之下高誘曰魏闕象魏也說文曰扃外閉之關也豈可使芳杜厚

顔薜荔無恥尚書曰余心顔厚有忸怩碧嶺再辱丹崖重滓塵游躅於蕙路汙渌池以洗耳皇甫謐高士傳曰巢父聞許由爲堯所讓也以爲汙乃臨池而洗耳宜扃岫幌掩雲關歛輕霧藏鳴湍截來轅於谷口杜妄轡於郊端於是叢條瞋膽疊穎怒魄或飛柯以折輪乍低枝而掃跡請迴俗士駕爲君謝逋客孔安國尚書傳曰逋逋士也晉灼漢書注曰以辭相告曰謝

文選卷第四十三

賜進士出身通奉大夫江南蘇松常鎮太等處承宣布政使司布政使胡克家重校刊

文選卷第四十四

梁昭明太子撰

文林郎守太子右内率府録事參軍事崇賢館直學士臣李善注上

檄

喻巴蜀檄一首

漢書曰相如爲郎數歲會唐蒙使略通夜郎僰中徵發巴蜀吏卒千人郡

又多爲發轉漕萬餘人用軍興法誅其渠率巴蜀人大驚恐上聞之乃遣相如責唐蒙等因喻告巴蜀人以非上之意也

司馬長卿

告巴蜀太守蠻夷自擅不討之日久矣時侵犯邊境勞士大夫陛下即位存撫天下安集中國然後興師出兵北征匈奴單于怖駭交臂受事屈膝請和戰國策張儀曰儀交臂而事齊楚康居西域重譯納貢稽顙來享禮記王制曰五方之人言語不通北方曰譯說文曰譯傳也傳四夷之語也漢書西域傳曰康居國去長安萬二千三百里春秋說題辭曰盛德則感越裳重譯禮記孔子曰拜之而後稽顙毛詩曰自彼氐羌莫不來享爾雅曰享獻也移師東指閩越相誅右弔番禺太子入朝文穎曰弔至也番禺南海郡縣治也東伐越後至番禺故言右也顏師古曰南越爲東越所伐漢以兵救之南越蒙天子德惠故遣太子朝所以云弔也非訓

至也太子即嬰齊也閩越地名也越有三此其一也南夷之君西僰之長言君者大之也僰蒲北切文穎曰犍爲縣常效貢職不敢惰怠論語撰考讖曰穿胸儋耳莫不貢職延頸舉踵喁喁然呂氏春秋曰聖人南面而立天下皆延頸舉踵矣論語素王受命讖曰莫不喁喁延頸歸德皆嚮風慕義欲爲臣妾論語撰考讖曰遠都殊域莫不嚮風又曰孺悲欲見鄉黨慕義史記張良曰百姓莫不嚮風慕義願爲臣妾道里遼遠山川阻深不能自致鄭玄禮記注曰致之言至也夫不順者已誅而爲善者未賞呂氏春秋曰先王之法爲善者賞爲不善者罰古之道也故遣中郎將往賓之中郎將即唐蒙也發巴蜀之士各五百人以奉幣帛衛使者不然張揖曰不然之變也靡有兵革之事戰鬭之患今聞其乃發軍興制張揖曰發三軍之衆也興制謂起軍法制追將帥也驚懼子弟憂患長老郡又擅爲轉粟運輸皆非陛下

之意也當行者或亡逃自賊殺亦非人臣之節也夫邊郡之士聞烽舉燧燔 張揖曰晝舉烽夜燔燧 皆攝弓而馳荷兵而走 攝謂張弓注矢而持之攝奴頰切 流汗相屬唯恐居後觸白刃冒流矢議不反顧計不旋踵人懷怒心如報私讎彼豈樂死惡生非編列之民而與巴蜀異主哉 編列謂編户也淮南子曰編户齊民 計深慮遠急國家之難而樂盡人臣之道也故有剖符之封析珪而爵 如淳曰析中分也白藏天子青在諸侯 位爲通侯處列東第 東第甲宅也居帝城之東故曰東第張揖曰列東第在天子下方 終則遺顯號於後世傳土地於子孫行事甚忠敬居位甚安逸名聲施於無窮功烈著而不滅是以賢人君子肝腦塗中原膏液

潤野草而不辭也春秋考異郵曰枯骸收骸血膏潤草骸古才切今奉幣役至南夷即自賊殺或亡逃抵誅抵至也亡逃而至於誅也一曰逃亡被誅而抵拒於誅也如淳曰抵其罪而誅戮之也一曰誅者亡不肯受誅也身死無名謚爲至愚無名言無善名也謚猶號也恥及父母爲天下笑人之度量相越豈不遠哉春秋合誠圖曰君殺妻誅爲天下笑然此非獨行者之罪也父兄之教不先子弟之率不謹寡廉鮮恥而俗不長厚也其被刑戮不亦宜乎陛下患使者有司之若彼悼不肖愚民之如此故遣信使誠信之使也曉諭百姓以發卒之事因數之以不忠死亡之罪讓三老孝悌以不教誨之過漢書景帝詔曰置三老孝悌以道民焉方今田時重煩百姓重難也不欲召聚之巳親見

近縣張揖曰檄以示巴蜀城旁近縣恐遠所谿谷山澤之民不徧聞檄到亟下縣道亟急也漢書曰縣有蠻夷曰道使咸喻陛下之意無忽

為袁紹檄豫州一首魏氏春秋曰袁紹伐許乃檄州郡

陳孔璋魏志曰琳避難冀州袁本初使典文章作此檄以告劉備言曹公失德不堪依附宜歸本初也後紹敗琳歸曹公曹公曰卿昔爲本初移書但可罪狀孤而已惡惡止其身何乃上及父祖邪琳謝罪曰矢在絃上不可不發曹公愛其才而不責之

左將軍領豫州刺史郡國相守蜀志曰先主歸陶謙謙表先主爲豫州刺史後歸曹公曹公表爲左將軍蓋聞明主圖危以制變忠臣慮難以立權是以有非常之人然後有非常之事有非常之事然後立非常之功難蜀父老曰世必有非常之人然後有非常之事有非常之事然後有非常之功

夫非常者故非常人所擬也曩者彊秦弱主趙高執柄專制朝權威福由己時人迫脅莫敢正言終有望夷之敗史記曰秦二世夢白虎嚙其左驂馬殺之問占夢卜涇水爲祟二世乃齋望夷宮欲祠涇水使使責讓趙高以盜事高懼乃陰與其女婿咸陽令閻樂數二世二世自殺張華曰望夷宮在長安西北長平觀故臺處是臨涇水作之以望北夷也漢書曰王氏浸盛羣下莫敢正言祖宗焚滅汙辱至今永爲世鑒及臻呂后季年產祿專政內兼二軍外統梁趙擅斷萬機決事省禁下陵上替海內寒心漢書曰張辟強謂丞相陳平請拜呂台呂產爲將將兵居南北軍丞相如辟強計太后臨朝以呂侯子台爲呂王台弟產爲梁王建成侯釋之子祿爲趙王呂后崩將軍祿相國產顓兵秉政韋昭國語注曰季末也左氏傳閔子騫曰下凌上替能無亂乎高唐賦曰寒心酸鼻於是絳侯朱虛興兵奮怒誅夷逆暴尊立

太宗漢書曰產祿因謀作亂齊悼惠王子朱虛侯章在京師知其謀使人告兄齊王令發兵章欲與太尉勃內應以誅諸呂又曰呂祿呂產欲作亂朱虛侯章與太尉勃等誅之大臣乃謀迎代王代王立是爲孝文皇帝故能王道興隆光明顯融此則大臣立權之明表也明表謂明白之表儀也司空曹操祖父中常侍騰與左悺徐璜並作妖孽饕餮放橫傷化虐民司馬彪續漢書曰曹騰字季興少除黃門桓帝即位加特進范曄後漢書曰左悺河南人也爲小黃門徐璜下邳人也爲中常侍左氏傳史克曰縉雲氏有不才子天下之人謂之饕餮山海經曰鈎吾山有獸羊身人面其口腋下虎齒人爪其音如嬰兒名曰狍鴞食人郭璞云爲物貪婪食人未盡還害其身象在禹鼎左氏傳所謂饕餮者也狍音咆父嵩乞匄攜養因贓假位魏志曰曹騰養子嵩官至太尉莫能審其生本末司馬彪續漢書曰嵩字巨高說文曰匄乞也古賴切輿金輦璧輸貨權門漢書曰息夫躬交遊貴戚趨走權門爲名竊盜

鼎司傾覆重器周易曰鼎金鉉鄭玄尚書注曰鼎三公象也文子老子曰天下之大器也操贅閹遺醜本無懿德贅謂假相連屬也莊子曰附贅懸肬然肬贅假肉也贅之銳切肬音尤僄狡鋒協好亂樂禍幕府董統鷹揚掃除凶逆魏志曰大將軍何進與紹誅諸閹官進被殺紹遂勒兵捕諸閹人無少長皆殺之漢書音義曰衛青征匈奴大克獲帝就拜大將軍於幕中因曰幕府續遇董卓侵官暴國董卓字仲頴隴西人爲相國卓以山東豪傑並起乃徙天子都長安燔燒宮室卓至西京呂布誅卓左氏傳欒鍼謂欒書曰侵官冒也失官慢也於是提劍揮鼓發命東夏收羅英雄棄瑕取用魏志曰董卓呼紹欲廢帝紹不應因横刀長揖而出遂奔冀州卓因拜紹渤海太守紹遂以渤海之衆以攻卓故遂與操同諮合謀授以裨師裨師偏師也漢書衛青傳曰裨將及校尉侯者九人謂其鷹犬之才爪牙可任謝承後漢書曰陳龜表曰臣累世展鷹犬搏擊之用至乃愚佻

短略輕進易退字書曰佻輕也勑聊切傷夷折衄數喪師徒幕府輙復分兵命鋭脩完補輯表行東郡領兖州刺史謝承後漢書曰袁紹以曹操爲東郡太守劉公山爲兖州公山爲黄巾所殺乃以操爲兖州刺史被以虎文獎蹴威柄被以虎文則羊質虎文也法言曰敢問質曰羊質而虎皮見草而說見豺而戰魏志作獎蹴蹴成也言獎成其威柄也冀獲秦師一尅之報左氏傳曰秦孟明帥師伐晉晉侯禦之秦師敗績又曰秦伯伐晉濟河焚舟取王官及郊晉人不出遂霸西戎用孟明也而操遂承資跋扈肆行凶忒謝承後漢書曰操得兖州兵衆強盛内懷反紹意毛詩曰無然畔援鄭玄曰畔援猶跋扈也西京賦曰睢盱跋扈賈逵國語曰肆恣也孔安國尚書傳曰忒惡也割剥元元殘賢害善太公金匱曰天道無親常與善人今海内陸沈於殷久矣何乃急急於元元哉高誘戰國策注曰元元善也張奐與屯留君書曰氣厲流行傷賢害善故九江太守邊讓英才俊

偉天下知名，直言正色，論不阿諂，身首被梟懸之誅，妻孥受灰滅之咎。魏志曰：太祖在兖州，陳留邊讓言議頗侵太祖，太祖殺讓，族其家。臣瓚漢書注曰：懸首於木曰梟。尚書曰：余則孥戮汝。自是士林憤痛，民怨彌重。林，喻多也。司馬遷書曰：列於君子之林。孔安國尚書傳曰：民咨胥然。一夫奮臂，舉州同聲。史記武臣曰：陳王奮臂爲天下唱始。周易曰：同聲相應。故躬破於徐方，地奪於呂布，彷徨東裔，蹈據無所。魏志曰：陶謙爲徐州刺史，太祖征謙，糧少引軍還。又曰：太祖與呂布戰於濮陽，太祖軍不利。幕府惟強幹弱枝之義，且不登叛人之黨。叛人，謂呂布也。漢書曰：徙二千石、高貲富人、豪傑并兼之家於諸陵，蓋亦以強幹弱枝，非爲奉山園也。左氏傳曰：圍宋彭城，非宋地也，於是爲宋討魚石，故稱宋，且不登叛人。故復援旌擐甲，席卷起征。紹征呂布，諸史不載，蓋史略也。左氏傳曰：擐甲執兵。杜預曰：擐，貫也。胡慢切。春秋握誠圖曰：諸侯氷散，席卷各爭，恣妄。金鼓響振，布衆奔沮。漢書曰：膠西王叩頭漢軍壁弓高侯執金鼓見之拯其死亡之患復其方伯之位謝承後漢書曰操圍呂布於濮陽爲布所破投紹紹哀之乃給兵五千人還取兖州說文曰拯上舉也則幕府無德於兖土之民而有大造於操也左氏傳呂相絕秦曰秦師克還無害則是我有大造於西也後會鑾駕反旆羣虜寇攻魏志曰董卓徙天子都長安後韓暹以天子還雒陽時冀州方有北鄙之警匪遑離局魏志曰冀州牧韓馥以冀州讓紹紹遂領冀州謝承後漢書曰公孫瓚非紹立劉伯安歛其衆攻紹禮記曰各司其局鄭玄曰局部分也故使從事中郎徐勛就發遣操使繕脩郊廟翊衛幼主操便放志專行脅遷當御省禁魏志曰天子還洛陽太祖遂至洛陽衛京師脅遷謂迫脅天子而遷徙也卑侮王室敗法亂紀家語孔子曰是謂壞法亂紀也坐領三臺專制朝政應劭漢官儀曰尚書爲中臺御史爲憲臺謁者爲外臺爵賞由心

刑戮在口，所愛光五宗，所惡滅三族。宗亦族也。漢書徐自爲曰：古有三族，而王溫舒罪至同時而五族乎。家語曰：宰予爲臨淄大夫，與田常之亂，夷三族也。羣談者受顯誅，腹議者蒙隱戮。漢書曰：上既造白鹿皮幣，令下，顏異不應，反脣。張湯奏異腹非，論死。自是之後，有腹非之法也。百寮鉗口，道路以目。莊子曰：鉗墨翟之口。史記曰：周厲王行暴虐侈傲，國人謗王。王怒，得衛巫，使監謗者，以告則殺之。國人莫敢言，道路以目。鉗其嚴切。尚書記朝會，公卿充員品而已。故太尉楊彪，典歷二司，享國極位。操因緣眦睚，被以非罪，榜棰參并，五毒備至，觸情任忒，不顧憲綱。范曄後漢書曰：彪字文先，代董卓爲司空，又代黃琬爲司徒。時袁術僭亂，操託彪與術婚姻，誣以欲圖廢置，奏収下獄，劾以大逆。漢書曰：王莽誅翟義，夷滅三族，皆至同坑，以五毒參并葬之。如淳曰：野葛、狼毒之屬。韓詩外傳曰：不肖者觸情縱欲也。又議郎趙彥，忠諫直言，義有可納，是以聖朝含聽，改容加飾操欲迷奪時明杜絶言路擅收立殺不俟報聞又梁孝王先帝毋昆墳陵尊顯桑梓松柏猶宜肅恭而操帥將吏士親臨發掘破棺裸尸掠取金寶至令聖朝流涕士民傷懷漢書曰孝文皇帝竇皇后生孝景帝梁孝王武曹瞞傳曰曹操破梁孝王棺收金寶天子聞之哀泣昆或爲弟毛詩曰維桑與梓必恭敬止仲長子昌言曰古之葬者松柏以識其墳操又特置發丘中郎將摸金校尉所過隳突無骸不露身處三公之位而行桀虜之態汙國虐民毒施人鬼加其細政苛慘科防互設罾繳充蹊坑穽塞路舉手挂網羅動足觸機陷是以兖豫有無聊之民帝都有吁嗟之怨戰國策蘇秦曰上下相怨民無所聊家語孔子曰今人之言惡者比之於桀紂民怨其虐莫不吁嗟歷觀載籍無道之臣貪殘酷烈於操爲甚幕府方

詰外姦未及整訓鄭玄禮記注曰詰謂問其罪也去質切加緒含容冀可彌縫左氏傳展喜對齊侯曰桓公是以糾合諸侯彌縫其闕而匡救其災而操豺狼野心潛包禍謀劉向列女傳曰羊舌叔姬者叔向之母也長姒產男叔姬往觀之曰其聲狼也狼子野心非是莫滅羊舌氏乎乃欲摧撓棟梁孤弱漢室周易曰棟撓之凶不可以有輔除滅忠正專為梟雄往者伐鼓北征公孫瓚魏志曰公孫瓚字伯圭董卓至洛陽遷瓚奮武將軍封薊侯范曄後漢書曰公孫瓚大破黃巾威震河北紹自將擊之強寇桀逆拒圍一年操因其未破陰交書命外助王師內相掩襲左氏傳曰凡師輕曰襲杜預曰掩其不備也故引兵造河方舟北濟會其行人發露瓚亦梟夷魏志曰紹悉軍圍瓚瓚自知必敗盡殺其妻子乃自殺故使鋒芒挫縮厥圖不果爾乃大軍過蕩西山屠各左校皆束手奉質爭為前登犬羊殘醜

消淪山谷范曄後漢書曰黑山賊于毒等覆鄴城紹入朝歌鹿腸山破之斬毒又擊左校郭太賢等遂及西營屠各戰於常山晉中興書曰胡俗其入居塞者有屠各種最豪貴故得爲單于統領諸種於是操師震慴晨夜逋遁屯據敖倉阻河爲固魏志曰袁紹將進軍攻許公留于禁屯河上公軍官度漢書音義曰敖地名在滎陽西北上臨河有太倉欲以螗蜋之斧禦隆車之隧莊子蘧伯玉謂顏闔曰汝不知夫螗蜋乎怒其臂以當車轍不知其不勝任也幕府奉漢威靈折衝宇宙班孟堅與陳文通書曰奉國威靈信志方外晏子春秋孔子曰不出樽俎之閒而折衝千里之外晏子之謂也長戟百萬胡騎千羣奮中黃育獲之士騁良弓勁弩之勢尸子中黃伯曰余左執太行之獶而右搏彫虎戰國策范雎說秦王曰烏獲之力焉而死夏育之勇焉而死文子曰狡兔得而獵犬烹高鳥盡而良弓藏史記蘇秦說韓王曰天下之彊弓勁弩皆從韓出并州越太行青州涉濟漯魏志曰袁紹出長子譚爲青州外甥高翰爲并州淮南子曰何謂九山曰太行

羊腸高誘曰太行直河内野王縣尚書曰浮于濟漯達于河大軍汎黃河而角其前，荆州下宛葉而掎其後。魏志曰劉表爲荆州刺史北與袁紹相結左氏傳狄子駒支曰譬如捕鹿晉人角之諸戎掎之征伐軍有前後猶如捕獸一人捉角一人戾足説文曰掎戾足也雷霆虎步並集虜庭，李陵詩曰幸託不肖軀且當猛虎步若舉炎火以焫飛蓬，覆滄海以沃熛炭，有何不滅者哉？楚辭曰離憂患而廼寤兮若縱火於秋蓬黃石公三畧曰夫以義而誅不義若決江河而溉熒火其尅必矣聲類曰焫燒也説文曰熛火飛也又操軍吏士其可戰者皆自出幽冀，或故營部曲，咸怨曠思歸，流涕北顧。毛詩序曰男女怨曠其餘兖豫之民，及呂布張揚之遺衆，呂布張揚巳見九錫文覆亡迫脅，權時苟從，各被創夷，人爲讎敵。尚書曰父師曰召敵讎弗怠若迴旆方徂，登高岡而擊鼓吹，揚素揮以啓降路，廣雅曰徽幡也徼與揮古通用必土崩瓦解不俟血刃漢書徐樂上書曰何謂土崩秦之末葉是也人困而主不恤下怨而上不知此之謂土崩何謂瓦解吳楚齊越之兵是也當此之時安土樂俗之人衆故諸侯無外境之助此之謂瓦解孫卿子曰舜伐有苗禹伐共工湯伐有夏文王伐崇武王伐紂遠方慕義兵不血刃方今漢室陵遲綱維弛絕聖朝無一介之輔股肱無折衝之勢尚書秦穆公曰如有一介臣尚書大傳曰股肱臣也折衝已見上文方畿之內簡練之臣皆垂頭搨翼莫所憑恃雖有忠義之佐脅於暴虐之臣焉能展其節又操持部曲精兵七百圍守宮闕外託宿衞內實拘執懼其篡逆之萌因斯而作說文曰逆而奪取曰篡义患切此乃忠臣肝腦塗地之秋烈士立功之會可不勗哉喻巴蜀文曰肝腦塗中原漢書曰一敗塗地尚書曰勗哉夫子操又矯命稱制

遣使發兵恐邊遠州郡過聽而給與強寇弱主違衆旅叛漢書以旅爲助舉以喪名爲天下笑則明哲不取也即日幽并青冀四州並進魏志曰紹以中子熙爲幽州書到荆州便勒見兵與建忠將軍協同聲勢魏志曰張繡以軍功稱遷至建忠將軍屯宛與劉表合州郡各整戎馬羅落境界舉師揚威並匡社稷則非常之功於是乎著其得操首者封五千户侯賞錢五千萬部曲偏裨將校諸吏降者勿有所問廣宣恩信班揚符賞布告天下咸使知聖朝有拘逼之難如律令風俗通曰謹按律者法也皐陶謨虞云始造律時主所制曰令漢書著甲令夫吏者始也當先自正然後正人故文書下如律令言當履繩墨動不失律令也

檄吴將校部曲文一首

陳孔璋

年月朔日子尚書令彧魏志曰荀彧字文若潁川人也太祖進彧爲漢侍中守尚書令告江東諸將校部曲及孫權宗親中外蓋聞禍福無門惟人所召左氏傳閔子騫之辭夫見機而作不處凶危上聖之明也周易曰君子見機而作不俟終日臨事制變困而能通智者之慮也漢書曰江充因變制宜周易曰困而不失其所亨其唯君子乎王弼曰窮必通也漸漬荒沈往而不及下愚之蔽也是以大雅君子於安思危以遠咎悔班固漢書贊曰大雅卓爾不群河間獻王近之矣封禪書曰與必慮衰安必慮危小人臨禍懷佚以待死二者之量不亦殊乎孫權小子未辨菽麥

左氏傳曰晉周子有兄而無慧不能辨菽麥要領不足以膏齊斧名字不足以洿簡墨漢書音義服虔注曰易曰喪其齊斧未聞其說張晏曰斧鉞也以整齊天下應劭曰齊利也虞喜志林曰齊側皆切凡師出必齊戒入廟受斧故曰齊斧也譬猶鷇卵始生翰毛爾雅曰生而自食曰鶵待哺曰鷇郭璞曰鳥子須母食鄭玄尚書大傳注曰翰毛毛長大者而便陸梁放肆顧行吠主西京賦曰怪獸陸梁戰國策刁勃謂田單曰跖之狗吠堯非其主也謂爲舟楫足以距皇威江湖可以逃靈誅不知天網設張以在綱目爨鑊之魚期於消爛也若使水而可恃則洞庭無三苗之墟子陽無荊門之敗尚書帝曰咨禹惟時有苗弗率汝徂征三旬苗民逆命帝乃誕敷文德七旬有苗格孔安國曰三苗之國左洞庭右彭蠡范曄後漢書曰公孫述字子陽自立爲蜀王遣任滿據荊門帝令征南大將軍岑彭攻之滿大敗朝鮮之壘不刊南越

之於不拔史記曰天子拜涉何爲遼東部都尉朝鮮襲殺何天子遣左將軍荀彘擊朝鮮朝鮮人殺其王右渠來降定朝鮮爲四郡又曰南越呂嘉反以主爵都尉楊僕爲樓船將軍下横浦咸會番禺南越以平遂爲九郡又曰東越王餘善反遣横海將軍韓説出句章越建成侯敖殺餘善以其衆降昔夫差承闔閭之遠跡用申胥之訓兵棲越會稽可謂強矣史記曰吳王闔閭死立太子夫差又樂毅遺燕惠王書曰昔伍子胥說聽於闔閭而吳王遠跡至郢韋昭國語注曰申胥楚大夫伍奢之子子胥也名員員奔吳吳與地故曰申胥史記曰吳王夫差伐越敗之越王勾踐乃以甲兵五千人棲於會稽及其抗衡上國與晉爭長都城屠於勾踐武卒散於黃池終於覆滅身釁越軍毛萇詩注曰抗抗舉也鄭玄周禮注曰稱上曰衡抗衡謂對舉以爭輕重也史記陸賈曰以區區之越與天子抗衡爲敵國又曰吳王夫差北會諸侯於黃池欲霸中國吳王與晉定公爭長乃長晉定公吳引兵歸國又曰吳與晉人相遇黃池之上吳晉爭強晉人擊之太

敗吳師越王聞之襲吳吳王聞之去晉而歸與越戰不勝城門不守遂圍王宮而殺夫差及吳王濞驕恣屈強猖猾始亂漢書曰吳王濞高帝兄仲之子也立濞爲吳王孝景五年起兵於廣陵左氏傳曰鄭子太叔卒晉趙簡子曰黄父之會夫子語我九言曰無始亂無怙富自以兵強國富勢陵京城太尉帥師甫下滎陽則七國之軍瓦解冰泮漢書曰七國反書聞天子遣條侯周亞夫往擊楚敗之七國吳王濞楚王戊趙王遂膠西王卬濟南王辟光淄川王賢膠東王渠鄭玄周禮注曰甫始也瓦解巳見上文淮南子曰冰泮而農桑起濞之罵言未絕於口而丹徒之刃以陷其胷漢書曰吳王敗乃與戲下壯士千人夜亡渡淮走丹徒保東越漢使人以利啗東越東越即紿吳王吳王出勞軍漢使人鏦殺吳王漢書賈誼上疏曰適啓其口匕首巳陷其胷矣紿音殆何則天威不可當而悖逆之罪重也且江湖之衆不足恃也自董卓作亂以迄於今將三十載其

閭豪桀縱横熊據虎跱強如二袁勇如呂布二袁袁紹袁術也魏志曰呂布便弓馬旅力過人號爲飛將跨州連郡有威有名十有餘輩其餘鋒捍特起鸇視狼顧爭爲梟雄者不可勝數淮南子曰鶚視虎顧鹽鐵論曰無鹿駭狼顧之憂然皆伏鈇嬰鉞首腰分離雲散原燎罔有子遺尚書曰若火之燎于原毛詩曰周餘黎民靡有子遺近者關中諸將復相合聚續爲叛亂魏志張魯據漢中遣鍾繇討之是時關中諸將疑繇欲自襲馬超遂與楊秋李湛宜成等反遣曹仁討之超等屯潼關公勑諸將關西兵精悍堅壁勿與戰阻二華據河渭驅率羌胡齊鋒東向氣高志遠似若無敵丞相秉鉞鷹揚順風烈火元戎啓行未鼓而破魏志曰公西征馬超公自潼關北度未濟超赴船急戰丁斐曰放馬以餌賊賊亂取馬公乃得渡循河爲甬而南賊追距渭口公乃分兵結營於渭

南賊夜攻營伏兵擊破之進軍渡渭超等數挑戰不許公乃與尅日會戰先以輕兵挑之戰良久乃縱虎騎夾擊大破之斬宜成李湛等漢書元后詔曰運獨見之明奮無前之威毛詩曰武王載旆有虔秉鉞如火烈烈則莫我敢遏又曰元戎十乘以先啓行伏尸千萬流血漂櫓此皆天下所共知也戰國策秦王謂唐且曰天子之怒伏尸百萬流血千里賈誼過秦曰伏尸百萬流血漂櫓是後大軍所以臨江而不濟者以韓約馬超逋逸迸脫走還涼州復欲鳴吠魏志曰曹公斬宜成遂超走涼州典略曰韓遂字文約在涼州阻兵爲亂積三十年建安二十年乃死逆賊宋建僭號河首同惡相救並爲脣齒魏志曰初隴西宋建自稱河首平漢王聚衆枹罕夏侯淵討之屠枹罕斬建涼州又鎮南將軍張魯負固不恭魏志曰張魯字公旗據漢中以鬼道教人自號師君長雄巴漢垂三十年漢末力不能征遂就寵魯爲鎮民中郎將漢寧太祖征之周禮曰負固不服則攻之皆我王誅所當先

加故且觀兵旋斾魏志曰建安十七年公征孫權攻破江西營乃引軍還史記曰武王東觀兵至于孟津諸侯皆曰帝紂可伐武王曰未可乃還師復整六師長驅西征致天下誅魏志曰建安二十年公西征張魯偏將涉隴則建約梟夷旍首萬里魏志曰韓遂在顯親夏侯淵欲襲取之遂走後淵大破遂軍得其旍麾斬建及遂死已見上文軍入散關則群氐率服王侯豪帥奔走前驅魏志曰公西征張魯自陳倉出散關至河池氐王竇茂恃險不服攻屠之進臨漢中則陽平不守魏志曰西征張魯至陽平魯使弟衛據陽平關公乃遣高祚等乘險夜襲大破之十萬之師土崩魚爛張魯逋竄走入巴中懷恩悔過委質還降魏志曰魯弟衛夜遯魯潰走巴中遣人慰喻魯盡家屬出降土崩已見上文公羊傳曰其言梁亡何自亡也奈何魚爛而亡何休曰魚爛從內發左氏傳狐突曰策名委質巴夷王朴胡賨邑侯杜濩各帥種落共舉巴郡以奉王職魏志曰建安二十年七姓巴夷

王朴胡賨邑侯杜濩舉巴夷賨民來附於是分巴郡以胡爲巴東太守濩巴西太守孫盛曰朴音浮濩音護鉦鼓一動二方俱定利盡西海兵不鈍鋒戰國策司馬錯曰今伐蜀利盡西海而諸侯不以爲貪漢書淮南王安上疏曰不勞一卒不頓一戟又曰不挫一兵之鋒鈍與頓同若此之事皆上天威明社稷神武非徒人力所能立也聖朝寬仁覆載允信允文春秋考異郵曰赤帝之精寬仁大度禮記曰天無私覆地無私載毛詩曰允文允武昭假列祖大啓爵命以示四方魯及胡濩皆享萬戶之封魯之五子各受千室之邑魏志曰胡濩者皆封列侯又曰封魯及五子皆爲列侯胡濩子弟部曲將校爲列侯將軍已下千有餘人百姓安堵四民反業漢書曰高祖入關吏民皆安堵如故管子曰士農工商四民者國之石民而建約之屬皆爲鯨鯢左氏傳楚子曰古者明王伐不敬取其鯨鯢而封以

爲大戮超之妻孥焚首金城魏志曰南安趙衢討超梟其妻子漢書有金城郡父母嬰孩覆尸許市范曄後漢書曰建安元年遷都于許非國家鍾禍於彼降福於此也逆順之分不得不然漢書消動熙曰甚誖逆順之理夫鷙鳥之擊先高攫鷙之勢也牧野之威孟津之退也此述往年未伐之意尚書序曰武王與受戰於牧野又曰惟十有一年武王伐殷孔安國曰諸侯僉同乃退以示弱今者枳棘翦扞戎夏以清枳棘以喻殘賊也翦扞翦除而防衛之也杜預左氏傳注曰扞衛也音捍萬里肅齊六師無事故大舉天師百萬之衆魏志曰建安二十一年治兵遂征孫權也與匈奴南單于呼完厨及六郡烏桓丁令屠各湟中羌僰魏志曰建安二十一年匈奴南單于呼厨泉將其名王來朝待以客禮漢書曰諸羌言願得度湟水北然湟水左右羌之所居湟音皇丁令屠各已見上文霆奮席卷自壽春

而南漢書九江郡有壽春邑又使征西將軍夏侯淵等魏志曰夏侯淵字妙才惇族弟也爲征西將軍率精甲五萬及武都氐羌巴漢銳卒南臨汶江搤據庸蜀魏志曰建安二十一年留夏侯淵屯漢中江夏襄陽諸軍橫截湘沅以臨豫章樓船橫海之師直指吳會漢書曰東越反上遣橫海將軍韓說樓船將軍楊僕入軍於越萬里剋期五道並入大舉天師一至壽春而南一道也使征西甲卒五萬二道也及武都至庸蜀三道也江夏至豫章四道也樓船至會稽五道也權之期命於是至矣丞相銜奉國威爲民除害元惡大憝必當梟夷尚書成王曰元惡大憝至於枝附葉從皆非詔書所特禽疾楊雄覈靈賦曰枝附葉從表立景隨故每破滅強敵未嘗不務在先降後誅拔將取才各盡其用是以立功之士莫不翹足引

領望風響應新序趙良謂商君曰君亡可翹足而待也左氏傳穆叔謂晉侯曰引領西望曰庶幾乎尚書曰惟影響孔安國曰若影之隨形響之應聲昔袁術僭逆王誅將加則廬江太守劉勳先舉其郡還歸國家魏志曰建安四年袁術敗於陳術病死廬江太守劉勳率衆降封爲列侯呂布作亂師臨下邳張遼侯成率衆出降魏志曰張遼字文遠鴈門人也以兵屬呂布太祖破呂布於下邳遼將衆降拜中郎將爵爲關內侯還討眭固薛洪樛尚開城就化魏志曰眭固屬袁紹屯射犬公進軍臨河使史渙曹仁渡河擊之固使張楊故長史薛洪河內太守樛尚留守自將兵以迎紹求救與渙仁遇交戰大破之斬固公遂濟河圍射犬洪尚率衆降封爲列侯樛音留官渡之役則張郃高奐舉事立功魏志曰公擊淳于瓊留曹洪守紹使張郃高覽攻曹洪郃等聞瓊破遂來降魏志云高覽此云奐蓋有二名郃烏合切後討袁尚則都督將軍馬延故豫州刺史陰夔

射聲校尉郭昭臨陣來降（魏志曰公圍尚營未合尚懼遣故豫州刺史陰夔及陳琳乞降公不許圍益急尚夜遯保岐山追擊之其將馬延等臨陣降衆大潰）圍守鄴城則將軍蘇游反爲内應（魏志曰尚攻譚留蘇由守鄴公進軍到洹水由降游與由同）審配兄子開門入兵（魏志曰袁尚走中山盡獲其輜重印綬節鉞使尚降人示其家城中崩沮審配兄子榮夜開所守東城門内兵配逆戰敗生禽配斬之）旣誅袁譚則幽州大將焦觸攻逐袁熙舉事來服（魏志曰建安十年袁熙大將焦觸叛熙尚奔三郡烏丸觸等舉其縣來降）凡此之輩數百人皆忠壯果烈有智有仁悉與丞相參圖畫策折衝討難芟敵搴旗靜安海内豈輕舉措也哉誠乃天啓其心計深慮遠（西京賦曰天啓其心司馬相如喻巴蜀文曰計深慮遠急國家之難）審邪正之津明可否之分勇不虛死節不苟立

屈伸變化唯道所存故乃建丘山之功享不訾之祿答客難曰所欲必得功若丘山賈逵國語注曰訾言量也朝爲仇虜夕爲上將所謂臨難知變轉禍爲福者也說苑孔子曰聖人轉禍爲福報怨以德若夫說誘甘言懷寶小惠毛詩曰盜言孔甘論語曰好行小惠泥滯苟且沒而不覺隨波漂流與熛俱滅者亦甚衆多吉凶得失豈不哀哉昔歲軍在漢中東西懸隔合肥遺守不滿五千權親以數萬之衆破敗奔走今乃欲當禦雷霆難以冀矣魏志曰太祖使張遼與樂進等將七千餘人屯合肥太祖征張魯敕而權率十萬衆圍合肥於是遼夜募敢從之士得八百人明日大戰平旦遼被甲持戟先登陷陣殺千人斬二將權登高冢以長戟自守遼呼權不敢動權守合肥十餘日城不可拔乃引退夫天道助順人道助信周易曰天之所助者順也人之所助

信也事上之謂義親親之謂仁盛孝章君也而權誅之吴志曰權殺吴郡太守盛憲會稽典録曰憲字孝章孫輔兄也而權殺之典略曰孫輔恐權不能守江東因權出行東治乃遣人齎書呼曹公行人以告權權乃還僞若不知與張昭共見輔權謂輔曰兄厭樂耶何爲呼他人輔輔云無是權投書與昭以示輔輔慙無辭乃悉斬輔親近徙輔置東吴賊義殘仁莫斯爲甚孟子齊王曰臣弒其君可乎孟子曰賊仁者謂之賊賊義者謂之殘殘賊之人謂之一夫聞誅一夫紂矣未聞弒其君也乃神靈之逋罪下民所同讎辜讎之人謂之凶賊是故伊摯去夏不爲傷德飛廉死紂不可謂賢尚書曰伊尹去亳適夏既醜有夏復歸于亳孫子曰殷之興也伊摯在夏魏武曰伊摯伊尹也孟子曰周公相武王誅紂驅飛廉於海隅而戮之何者去就之道各有宜也丞相深惟江東舊德名臣多在載籍近魏叔英秀出高峙著名

海内虞文繡砥礪清節耽學好古周泰明當世儁彦德行脩明皆宜膺受多福保乂子孫（尚書曰永膺多福又曰保乂王家）而周盛門户無辜被戮遺類流離湮沒林莽言之可爲愴然聞魏周榮虞仲翔各紹堂構能負析薪（吴志曰虞翻字仲翔尚書曰若考作室既厎法厥子乃弗肯堂矧肯構左氏傳鄭子産曰古人有言曰其父析薪其子弗克負荷）及吴諸顧陸舊族長者世有高位當報漢德顯祖揚名及諸將校孫權婚親皆我國家良寶利器（尚書曰所寶惟賢則邇人安聖主得賢臣頌曰夫賢者國家器用也所任賢則趨舍省而功施普器用利則用力少而就効衆也）而並見驅迮雨絶於天有斧無柯何以自濟（陸賈新語曰有斧無柯何以治之）相隨顛没不亦哀乎蓋鳳鳴高岡以遠罻羅賢聖之

德也毛詩曰鳳皇鳴矣于彼高岡梧桐生矣于彼朝陽鷦鷯之鳥巢於葦苕折子破下愚之惑也韓詩曰鴟鴞鴟鴞既取我子無毀我室鴟鴞鸋鴂鳥名也鴟鴞所以愛養其子者適以病之愛憐養其子者謂堅固其窠巢病之者謂不知託於大樹茂枝反敷之葦蔄風至蔄折巢覆有子則死有卵則破是其病也字林曰鸋鴂鴞也上乃丁切下古穴切廣雅曰鸋鴂工雀也荀卿子曰南方鳥名蒙鳩爲巢編之以髮繫之葦苕苕折卵破巢非不牢所繫之弱也說文曰葦大葭也苕與蔄同今江東之地無異葦苕諸賢處之信亦危矣聖朝開引曠蕩重惜民命誅在一人與衆無忌故設非常之賞以待非常之功司馬長卿難蜀父老曰有非常之事然後有非常之功乃霸夫烈士奮命之良時也可不勉乎若能翻然大舉建立元勳以應顯禄福之上也如其未能未能如上之計筭量大小以存易亡亦

其次也漢書鄒陽上書曰昔者鄭祭仲許宋人立公子突以活其君非其義也春秋記之為其以生易死以存易亡夫係蹄在足則猛虎絕其蹯戰國策魏魁謂建信君曰人有置係蹄者而得虎虎怒跌踏而去虎之情匪不愛其蹯也然而不以環寸之蹯害七尺之軀有權也今國家者非直七尺之軀也而君之身於王非特環寸之蹯也願公早圖之也延叔堅曰係蹄獸絆也蝮蛇在手則壯士斷其節漢書曰項梁使使趣齊兵擊章邯田榮曰楚殺田假趙殺田角田閒乃出兵楚不殺假趙亦不殺角閒齊王曰蝮蠚手則斬手蠚足則斬足何者為害於身也田假田角田閒於楚趙非手足之戚何故不殺蠚音釋何則以其所全者重以其所棄者輕若乃欒禍懷寧迷而忘復周易曰迷復之凶反君道也闇大雅之所保背先賢之去就毛詩大雅曰既明且哲以保其身忽朝陽之安甘折苕之末日忘一日以至覆沒大兵一放玉石俱碎尚書曰火炎崑岡玉石俱

焚雖欲救之亦無及已史記衛平謂宋王曰後雖悔之亦無及已故令往購募爵賞科條如左檄到詳思至言如詔律令

檄蜀文一首魏志曰景元四年令鍾會伐蜀會至漢中蜀大將姜維等守劒閣距會會移檄檄蜀將吏

鍾士季魏志鍾會字士季潁川人少敏慧夙成爲秘書郎遷鎮西將軍後爲司徒謀反於蜀爲衆兵所殺

往者漢祚衰微率土分崩生民之命幾於泯滅我太祖武皇帝神武聖哲撥亂反正魏志曰有太武皇帝爲魏太祖公羊傳曰君子曷爲春秋撥亂世反諸正莫近乎春秋拯其將墜造我區夏尚書曰文王用肇造我區夏高祖文皇帝應天順民受命踐祚魏志曰文帝爲魏高祖周易曰湯武革命順乎天而應乎人禮記曰成王幼不能莅祚周公相踐祚而治烈祖明皇帝奕世重光

恢拓洪業魏志曰明皇帝爲魏烈祖國語祭公謀父曰奕世載德尚書曰昔我君文王武王宣重光
漢書武帝詔曰何行而可以彰先帝之洪業休德然江山之外異政殊俗毛詩序曰
國異政家殊俗率土齊民未蒙王化難蜀父老曰割齊人以附夷狄如淳曰齊人齊等無
有貴賤故謂之齊若今言平人也此三祖所以顧懷遺志也劇秦美新曰后土顧
懷今主上聖德欽明紹隆前緒主上陳留王奐也尚書曰放勛欽明宰輔忠肅
明允劬勞王室宰輔司馬文王也左氏傳史克對魯侯曰齊聖廣淵明允篤誠忠肅恭懿宣慈惠和布
政垂惠而萬邦協和毛詩曰布政優優尚書曰百姓昭明協和萬邦施德百蠻而
肅慎致貢毛詩曰因時百蠻大戴禮孔子曰昔舜教通于四海之外肅慎北發渠搜氏羌來服悼彼
巴蜀獨爲匪民毛詩曰哀我征夫獨爲匪民愍此百姓勞役未已是
以命授六師龔行天罰尚書曰予惟龔行天之罰征西雍州鎮西諸

軍五道並進魏志曰詔使征西將軍鄧艾督諸軍趣甘松沓中雍州刺史諸葛緒督諸軍趣武街高樓鎮西將軍鍾會由駱谷伐蜀古之行軍以仁爲本以義治之司馬法曰古者以仁爲本以義治之之謂正曹操曰古者五帝三王以來也仁者生而不名義者成而不有王者之師有征無戰孫卿子曰王者有誅無戰漢書淮南王上書曰天子之兵有征無戰莫敢校之故虞舜舞干戚而服有苗尚書曰帝乃誕敷文德舞干羽于兩階七旬有苗格周武有散財發廩表閭之義尚書曰式商容之閭散鹿臺之財發鉅橋之粟今鎮西奉辭銜命攝統戎車尚書禹曰奉辭伐罪漢書孫寶曰臣幸得銜命奉使庶弘文告之訓以濟元元之命國語曰祭公謀父曰有征罰之備有文告之辭元元已見上文非欲窮武極戰以快一朝之志新序李克對魏武侯曰好戰窮武未有不亡者故略陳安危之要其敬聽話言毛詩曰告之話言益州先主

以命世英才典兵新野困躓冀徐之郊制命紹布之手太祖拯而濟之興隆大好中更背違棄同即異蜀志曰先主姓劉諱備字玄德涿郡人也靈帝末黃巾起先主率其屬討賊有功除安喜尉後領徐州呂布襲徐州虜先主妻子于乃求和於布後歸曹公曹公厚遇之以爲豫州牧後背曹公歸袁紹漢書張良曰湯武伐桀紂封其後者能制其死命也左氏傳子太叔曰棄同即異是謂離德諸葛孔明仍規秦川姜伯約屢出隴右蜀志曰姜維字伯約勞動我邊境侵擾我氐羌方國家多故未遑脩九伐之征也周禮曰以九伐之法正邦國憑弱犯寡則眚之賊賢害民則伐之暴內陵外則壇之野荒民散則削之負固不服則侵之賊殺其親則征之放弒其君則殘之犯令陵政則杜之內外亂鳥獸行則滅之今邊境乂清方內無事蓄力待時併兵一向孫子兵法曰併敵一向千里殺將而巴蜀一州之衆分張守備

難以禦天下之師段谷侯和沮傷之氣難以敵堂堂之陣魏志曰姜維趣上邽鄧艾與戰于段谷大破之又曰姜維寇洮陽鄧艾拒之破維于侯和漢書公乘輿上書曰王尊厲奔北之吏起沮傷之氣黃帝出軍決曰始立牙之日吉氣來應旗幡指敵或從風而來金鐸之聲揚以清鼓鞞之音婉而鳴是謂堂堂之陣整整之旗此大勝之徵也比年已來曾無寧歲國語姜氏告於公子曰自子之行晉無寧歲征夫勤瘁難以當子來之民毛詩曰經始勿亟庶民子來此皆諸賢所共親見蜀侯見禽於秦公孫述授首於漢史記曰秦惠文君八年張儀復相伐蜀滅之公孫述已見吳都賦九州之險是非一姓此皆諸君所備聞也左氏傳司馬侯曰九州之險也是非一姓明者見危於無形智者規福於未萌太公金匱曰明者見危於未萌智者避危於無形是以微子去商長為周賓毛詩序曰有客微子來見祖廟也鄭玄曰武王

既黜㚄命殺武庚微子代㚄後既受命來朝而見之於廟陳平背項立功於漢史記曰陳平懼項王誅遂至脩武降漢拜平爲都尉豈宴安鴆毒懷祿而不變哉左氏傳管敬仲曰宴安鴆毒不可懷也漢書楊惲曰懷祿貪勢不能自退今國朝隆天覆之恩宰輔引寛恕之德禮記孔子曰天無私覆地無私載先惠後誅好生惡殺尚書大傳成王問周公曰舜何以也周公曰其政也好生而惡殺往者吴將孫壹舉衆内附位爲上司寵秩殊異吴志曰孫壹爲江夏太守及孫綝誅滕胤呂據據胤皆壹之妹夫也綝遣朱異潛襲壹異至武昌壹知其攻己率部曲將胤妻奔魏魏以壹爲車騎將軍封吴侯文欽唐咨爲國大害叛主讎賊還爲戎首咨困偪禽獲欽二子還降皆將軍封侯咨豫聞國事魏志曰文欽字仲若曹爽之邑人也與毋丘儉舉兵反大將軍司馬文王臨淮討之諸葛誕遂殺欽欽子鴦及虎踰城出自歸大將軍大將軍表鴦

虎爲將軍各賜爵關内侯大將軍乃自臨圍四面進兵同時鼓譟登城唐咨面縛降拜咨安遠將軍禮記子思曰無爲戎首鄭玄曰爲兵主曰戎首壹等窮蹙歸命猶加上寵況巴蜀賢智見機而作者哉見機已見上文誠能深鑒成敗邈然高蹈投跡微子之蹤措身陳平之軌則福同古人慶流來裔百姓士民安堵樂業安堵已見上文農不易畝市不迴肆呂氏春秋曰桀爲無道湯立爲天子夏民大悅農不去疇商不變肆去累卵之危就永安之計豈不美與說苑曰晉靈公造九層臺孫息聞之求見曰臣能累十二博棊加九雞子其上公曰作之孫息以碁子置下加九雞子其上公曰危哉若偷安旦夕迷而不反大兵一放玉石俱碎雖欲悔之亦無及也並已見上文各具宣布咸使知聞

難蜀父老一首 漢書曰武帝時相如使蜀長老多言通西南夷之不爲國用大臣亦以爲然相如業已建之不敢諫乃著書假蜀父老爲辭而己以語難之以諷天子因宣其使指令百姓知天子意焉

司馬長卿

漢興七十有八載德茂存乎六世六世謂自高祖至武帝威武紛紜湛恩汪濊韋昭曰湛音沈張揖曰汪濊深貌也善曰汪烏黄切濊烏外切群生霑濡洋溢乎方外於是乃命使西征隨流而攘風之所被罔不披靡因朝冉從駹定筰存邛服虔曰冉駹筰邛皆蜀郡西部也應劭曰蜀郡岷江本冉駹也文穎曰邛今爲邛都縣筰今爲定筰縣皆屬越嶲善曰駹蒙江切筰音鑿略斯榆舉苞蒲鄭玄曰斯音曳張揖曰斯榆本俞國名也服虔曰苞蒲夷種也結軌還轅東鄉將

報楚辭曰結余軫于西山王逸曰結旋也至于蜀都耆老大夫搢紳先生之徒二十有七人儼然造焉辭畢進曰蓋聞天子之牧夷狄也其義羈縻勿絕而已應劭漢官儀曰馬曰羈牛曰縻言四夷如牛馬之受羈縻也今罷三郡之士通夜郎之塗三年於茲而功不竟士卒勞倦萬民不贍今又接之以西夷百姓力屈恐不能卒業此亦使者之累也竊爲左右患之且夫邛筰西夷之與中國並也歷年茲多不可記已孟子曰禹之相舜歷年茲多仁者不以德來強者不以力并意者其殆不可乎不可猶不堪也以其不堪爲用故棄之也今割齊民以附夷狄附謂令之親附也齊民已見上文獙所恃以事無用鄙人固陋不識所謂使者曰烏謂此

乎必若所云則是蜀不變服而巴不化俗也應劭曰巴蜀皆古蠻夷椎結左衽之人也僕常惡聞若說然斯事體大固非觀者之所覯也余之行急其詳不可得聞已請爲大夫粗陳其略孟子曰其詳不可得聞嘗聞其略矣韋昭曰粗猶略也徂古切蓋世必有非常之人然後有非常之事有非常之事然後有非常之功夫非常者固常人之所異也故曰非常之原黎民懼焉張揖曰非常之事其本難知衆民懼也尚書曰黎民於變時雍及臻厥成天下晏如也昔者洪水沸出氾濫衍溢張揖曰湓溢也郭璞三蒼解詁曰湓水聲也字林云匹寸切古漢書爲湓今爲衍非也民人升降移徙崎嶇而不安夏后氏慼之乃堙洪塞源決江疏河張揖曰疏通也灑沈澹災張揖曰灑分也韋昭曰灑史紙切蘇林曰澹音淡言分其沈溺搖動之災也灑或作漸

字書曰澌水索也賜移切說文曰澹水搖也徒濫切顏師古曰沈深也澹安也言分散其深水以安定其災也灑所宜切東歸之於海而天下永寧當斯之勤豈惟民哉心煩於慮而身親其勞躬腠胝無胈膚不生毛張晏曰躬體也孟康曰腠腠理也韋昭曰胈其中小毛也蒲葛切郭璞三蒼解詁曰胝躪也竹施切莊子曰兩袒女浣於白水之上者禹過之而趨曰治天下奈何女曰股無胈脛不生毛顏色烈凍手足胼胝何以至是也胼步千切故休烈顯乎無窮聲稱浹乎于茲且夫賢君之踐位也豈特委瑣喔齪拘文牽俗應劭曰喔齪急促之貌也善曰喔音握脩誦習傳當世取說云爾哉必將崇論吰議鄧展子曰字詁云吰今宏字創業垂統爲萬世規孟子曰君子創業垂統爲可繼故馳騖乎兼容并包而勤思乎參天貳地己比德於地是貳地也地與己并天是三也且詩不云乎普

天之下莫非王土率土之濱莫非王臣（毛詩小雅文濱涯也本或作賓）是以六合之内八方之外浸淫衍溢懷生之物有不浸潤於澤者賢君恥之今封疆之内冠帶之倫咸獲嘉祉靡有闕遺矣而夷狄殊俗之國遼絶異黨之域舟車不通人跡罕至政教未加流風猶微（孟子曰故家遺俗流風善政猶有存者）内之則時犯義侵禮於邊境外之則邪行横作放殺其上君臣易位尊卑失序父老不辜幼孤爲奴虜係纍號泣（張揖曰爲人所係戰國策曰韓魏父子老弱係虜於道路）内嚮而怨曰蓋聞中國有至仁焉德洋恩普物靡不得其所今獨曷爲遺己舉踵思慕若枯旱之望雨（孟子曰湯始征葛伯民望之若大旱之望雨）戾夫爲

之垂涕況乎上聖又焉能已故北出師以討強胡南馳使以誚勁越四面風德二方之君鱗集仰流論語比考讖曰賜風德宋均曰賜能言語故可使風諭以德也二方謂西夷南夷也鱗集相次也願得受號者以億計故乃關沫若漢書音義曰以沫若水為關也張揖曰沫水出蜀西徼外入于江若水出廣平徼外出旄牛入江沫音妹徼牂柯張揖曰徼塞也以木柵水為夷狄之界鏤靈山梁孫原張揖曰鑿通山道置靈道縣屬越嶲郡孫水出登縣南至會無縣入若水李奇曰於孫水之本作獨梁創道德之塗垂仁義之統將博恩廣施遠撫長駕長駕謂所駕者遠使疏逖不閉曶爽闇昧得耀乎光明韋昭曰曶梅憒切言疏遠之國不被壅閉曶爽闇昧後得乎光明言化之所被者遠也郭璞三蒼解詁曰曶旦明也字林音勿尚書曰甲子昧爽孔安國曰昧早旦也爽明也以偃甲兵於此而息討伐於彼遐

邇一體中外禔福不亦康乎 說文曰禔安也音支 夫拯民於沈溺奉至尊之休德反衰世之陵夷繼周氏之絶業天子之亟務也 凌夷即凌遲也史記張釋之曰秦凌遲而至於二世天下土崩漢書作陵夷至於二世 百姓雖勞又惡可以已乎哉且夫王者固未有不始於憂勤而終於逸樂者也 毛詩序曰始於憂勤終於逸樂 然則受命之符合在於此方將增太山之封加梁父之事鳴和鑾揚樂頌上減五下登三 李奇曰五帝之德比漢爲減三王之德漢出其上 觀者未覩旨聽者未聞音猶鷦鵬已翔乎寥廓之宇而羅者猶視乎藪澤悲夫 樂緯曰鷦鵬狀如鳳皇爾雅曰寥深也空廓寥寥也 於是諸大夫芒然喪其所懷來失厥所以進喟然並稱曰允哉漢德此鄙

人之所願聞也百姓雖勞請以身先之敞罔靡徙遷延而辭避尚書大傳曰魏文侯問子夏子夏乃遷延而退

文選卷第四十四

賜進士出身通奉大夫江南蘇松常鎮太等處承宣布政使司布政使胡克家重校刊

文選卷第四十五

梁昭明太子撰

文林郎守太子右内率府録事參軍事崇賢館直學士臣李善注上

對問

宋玉對楚王問一首

設論

東方曼倩荅客難一首　楊子雲解嘲一首

班孟堅荅賓戲一首

辭

漢武帝秋風辭一首　陶淵明歸去來一首

序上

卜子夏毛詩序一首　孔安國尚書序一首

杜元凱春秋序一首

皇甫士安三都賦序一首

石季倫思歸引序一首

對問

對楚王問一首

宋玉

楚襄王問於宋玉曰先生其有遺行與遺行可遺弃之行也韓詩外傳子路謂孔子曰夫子尚有遺行乎奚居之隱何士民衆庶不譽之甚也宋玉

對曰唯然有之願大王寬其罪使得畢其辭客有歌於郢中者其始曰下里巴人國中屬而和者數千人其爲陽阿薤露國中屬而和者數百人其爲陽春白雪國中屬而和者不過數十人引商刻羽雜以流徵國中屬而和者不過數人而已是其曲彌高其和彌寡故鳥有鳳而魚有鯤（曾子曰聞諸夫子曰羽蟲之精者曰鳳鱗蟲之精者曰龍淮南子曰孟春之月其蟲鱗許慎曰鱗龍之屬也）鳳皇上擊九千里絕雲霓負蒼天翱翔乎杳冥之上夫蕃籬之鷃豈能與之料天地之高哉鯤魚朝發崑崙之墟（爾雅曰河出崑崙墟色白郭璞曰墟山下基也）暴鬐於碣石暮宿於孟諸（孔安國尚書傳曰碣石海畔山）夫尺澤之鯢豈能與之量江海

之大哉（尺澤言小也）故非獨鳥有鳳而魚有鯤也士亦有之夫聖人瑰意琦行超然獨處夫世俗之民又安知臣之所爲哉

設論

荅客難一首

東方曼倩（漢書曰朔上書陳農戰強國之計推意放蕩終不見用因著論設客難己用位卑以自慰諭）

客難東方朔曰蘇秦張儀壹當萬乘之主而身都卿相之位（如淳曰都謂居也）澤及後世今子大夫脩先王之術慕聖人之義諷誦詩書百家之言不可勝記著於竹帛脣腐齒落服膺

而不可釋禮記曰回之爲人也得一善則拳拳服膺而不失之矣好學樂道之効明白甚矣自以爲智能海内無雙則可謂博聞辯智矣然悉力盡忠以事聖帝曠日持久積數十年官不過侍郎位不過執戟史記韓信曰臣事項王官不過侍郎位不過執戟意者尚有遺行邪遺行已見上文也同胞之徒無所容居其故何也蘇林曰音胞胎之胞言親兄弟也東方先生喟然長息仰而應之曰是故非子之所能備彼一時也此一時也豈可同哉孟子謂充虞曰彼一時也此一時也夫蘇秦張儀之時周室大壞諸侯不朝力政爭權相擒以兵慎子曰昔周室之衰也厲王擾亂天下諸侯力政人欲獨行以相兼并爲十二國未有雌雄張晏曰周千八百國在者十二謂魯衛齊宋楚鄭燕趙韓魏秦中山春秋孔演圖曰

天運三百歲雌雄代起得士者強失士者亡故說得行焉孔叢子子思謂曾子曰今天下諸侯方欲力爭競招英雄以自輔翼此乃得士則昌失士則亡之秋也身處尊位珍寶充內外有倉廩蔡邕月令章句曰穀藏曰倉米藏曰廩澤及後世子孫長享今則不然聖帝德流天下震慴諸侯賓服連四海之外以爲帶安於覆盂韓詩外傳曰君子之居也晏如覆杅盂與杅同音于天下平均合爲一家動發舉事猶運之掌賢與不肖何以異哉列子曰楊朱見梁惠王言治天下猶運之掌禮記子曰道之不明也我知之矣賢者過之不肖者不及遵天之道順地之理物無不得其所故綏之則安動之則苦尊之則爲將卑之則爲虜抗之則在青雲之上抑之則在深淵之下用之則爲虎不用則爲鼠雖欲盡

節効情安知前後夫天地之大士民之衆竭精馳説並進輻湊者不可勝數文子曰群臣輻湊悉力慕之困於衣食或失門戸言上書忤旨或被誅戮使蘇秦張儀與僕並生於今之世曾不得掌故安敢望侍郎乎應劭漢書注曰掌故百石吏主故事者傳曰天下無害雖有聖人無所施才上下和同雖有賢者無所立功故曰時異事異韓子曰文王行仁義而王天下偃王行仁義而喪其國故曰時異則事異雖然安可以不務脩身乎哉詩曰鼓鍾于宮聲聞于外鶴鳴九臯聲聞于天毛詩小雅文也毛萇曰有諸中必見於外也又曰臯澤也苟能脩身何患不榮太公體行仁義七十有二乃設用於文武得信厥説封於齊七百歳而不絶説苑鄒子説梁王曰太公年七十而

相周九十而封齊此士所以日夜孶孶脩學敏行而不敢怠也孟子曰雞鳴而起孶孶爲善舜之徒也譬若鶺鴒飛且鳴矣毛詩曰題彼鶺鴒載飛載鳴毛萇曰題視也傳曰天不爲人之惡寒而輟其冬地不爲人之惡險而輟其廣君子不爲小人之匈匈而易其行天有常度地有常形君子有常行君子道其常小人計其功詩云禮義之不愆何恤人之言皆孫卿子文水至清則無魚人至察則無徒冕而前旒所以蔽明黈纊充耳所以塞聰皆大戴禮孔子之辭也薛綜東京賦注曰黈纊以黄綿爲丸懸冠兩邊當耳不欲聞不急之言也明有所不見聰有所不聞舉大德赦小過無求備於一人之義也論語曰仲弓爲季氏宰問政子曰先有司赦小過舉賢才尚書曰與人弗求備檢身若不

及枉而直之，使自得之；優而柔之，使自求之；揆而度之，使自索之。皆大戴禮孔子之辭也。家語亦同。王肅曰：雖當直枉，從容使自得也。優寬和柔之，使自求其宜也。揆度其法，以開視之，使自索得也。趙岐孟子注曰：使自得其本善性也。蓋聖人之教化如此，欲其自得之。自得之，則敏且廣矣。今世之處士，時雖不用，塊然無徒，廓然獨居，上觀許由，下察接輿，計同范蠡，忠合子胥。史記曰：勾踐之棲會稽，范蠡令卑辭厚禮以遺吳。後欲伐吳，勾踐復問蠡，蠡曰：可矣。遂滅之。天下和平，與義相扶，寡偶少徒，固其宜也。子何疑於予哉？若夫燕之用樂毅，秦之任李斯，酈食其之下齊，史記曰：樂毅去趙適魏，聞燕昭王好賢，樂毅爲魏昭王使於燕，燕時以禮待之，遂委質爲臣下。又曰：秦卒用李斯計謀，競并天下，以斯爲丞相。漢書：酈食其謂上曰：臣說齊王，使爲漢而稱東藩。上曰：善。乃說齊，齊王田廣以爲然迺罷歷下守戰之備説行如流曲從如環所欲必得功若丘山海内定國家安是遇其時者也子又何怪之邪語曰以筦窺天以蠡測海以筳撞鍾豈能通其條貫考其文理發其音聲哉服虔曰筦音管張晏曰蠡瓠瓢也文穎曰筳音庭莊子曰魏牟謂公孫龍曰乃規規而求之以察索之以辯是直用管窺天用錐指地不亦小乎説苑趙襄子謂子路曰吾甞問孔子曰先生事七十君無明君乎孔子不對何謂賢邪子路曰建天下之鳴鍾撞之以筳豈能發其音聲哉猶是觀之譬由鼱鼩之襲狗孤豚之咋虎至則靡耳何功之有如淳曰鼱音精服虔曰鼩音劬李巡爾雅注曰鼱鼩一名奚鼠應劭風俗通曰按方言豚豬子也今人相罵曰孤豚之子是也説文曰靡爛也亡皮切靡與縻古字通也今以下愚而非處士雖欲勿困固不得已此適足以明其不知權變而終惑於大道也

解嘲一首 并序

楊子雲

哀帝時丁傅董賢用事漢書曰定陶丁姬哀帝母也兄明爲大司馬又曰孝哀傅皇后哀帝即位封后父晏爲孔鄉侯諸附離之者起家至二千石漢書音義莊子曰附離不以膠漆時雄方草創大玄有以自守泊如也人有嘲雄以玄之尚白服虔曰玄當黑而尚白將無可用雄解之號曰解嘲其辭曰

客嘲楊子曰吾聞上世之士人綱人紀不生則已尚書曰先王肇修人紀孔安國曰修爲人綱紀也孔叢子子魚曰丈夫不生則已生則有云爲於世也生必上尊人君下榮父母析人之珪儋人之爵懷人之符分人之禄說文曰儋荷也應劭曰文帝始與諸王竹使符紆青拖紫朱丹其轂東觀漢記

曰印綬漢制公侯紫綬九卿青綬漢書曰吏二千石朱兩轓今吾子幸得遭明盛之世處不諱之朝與羣賢同行歷金門上玉堂有日矣應劭曰待詔金馬門晉灼曰黃圖有大玉堂小玉堂曾不能畫一奇出一策上說人主下談公卿目如燿星舌如電光一從一橫論者莫當史記秦王曰知一從一橫其說何顧默而作太玄五千文枝葉扶疏獨說數十餘萬言以樹喻文也說文曰扶疏四布也深者入黃泉高者出蒼天大者含元氣細者入無閒春秋命厤序曰元氣正則天地八卦孳無間言至微也淮南子曰出入無閒然而位不過侍郎擢纔給事黃門蘇林曰擢之纔爲給事黃門不長作意者玄得無尚白乎何爲官之拓落也拓落猶遼落不諧偶也楊子笑而應之曰客徒朱丹吾轂不知一跌

將赤吾之族也廣雅曰跌差也赤謂誅滅也往昔周綱解結羣鹿爭逸服虔曰鹿喻在爵位者離爲十二合爲六七十二國已見上文張晏曰謂齊燕楚韓趙魏爲六就秦爲七四分五剖並爲戰國晉灼曰此直道其分離之意耳鄒陽傳云濟北四分五裂之國也士無常君國無定臣得士者富失士者貧春秋保乾圖曰得士則安失士則危矯翼厲翮恣意所存故士或自盛以橐或鑿坏以遁服虔曰范睢入秦藏於橐中史記王稽辭魏去竊載范睢入秦至湖見車騎曰爲誰王稽曰穰侯范睢曰此恐辱我我寧匿車中有頃穰侯過淮南子曰顏闔魯君欲相之而不肯使人以幣先焉鑿坏而遁之坏普來切是故鄒衍以頡頏而取世資應劭曰齊人著書所言多大事故齊人號談天鄒衍仕齊至卿蘇林曰頡音提挈之挈頡頏奇怪之辭也鄒衍著書雖奇怪尚取世以爲資而已爲之師也言資以避下文也頡苦浪切孟軻雖連去聲蹇猶爲萬乘師

蘇林曰連蹇言語不便利也趙岐孟子章指曰滕文公尊敬孟子若弟子之問師今大漢左東海應劭曰會稽東海也右渠搜服虔曰連西戎國也應劭曰禹貢析支渠搜屬雍州在金城河閒之西前番禺應劭曰南海郡張晏曰南越王都也蘇林曰番音潘後椒塗應劭曰漁陽之北界東南一尉如淳曰地理志云在會稽西北一候如淳曰地理志曰龍勒玉門陽關有候也徽以糾墨制以鑕鈇服虔曰制縛束也應劭曰束以繩徽弩之徽說文曰糾三合繩也又曰墨索也公羊傳曰不忍加之鈇鑕何休注曰斬要胥之刑也音質散以禮樂風以詩書曠以歲月結以倚廬應劭曰漢律以爲親行三年服不得選舉結爲倚廬以結其心左氏傳曰齊晏桓子卒晏嬰麤斬衰居倚廬天下之士雷動雲合魚鱗雜襲咸營于八區史記蒯通曰天下之士雲合霧集魚鱗雜遝遝徒合切家家自以爲稷契人人自以爲皋陶尚書帝曰俞咨禹汝平水土惟時懋哉禹讓于稷契暨皋陶戴縰垂纓而談者皆擬

於阿衡鄭玄儀禮注曰纚與縱同縱所氏切詩曰實惟阿衡左右商王毛萇曰阿衡伊尹也五尺童子羞比晏嬰與夷吾孫卿子曰仲尼之門五尺豎子羞言五伯當塗者升青雲失路者委溝渠旦握權則爲卿相夕失勢則爲匹夫譬若江湖之崖渤澥之島乘鴈集不爲之多雙鳧飛不爲之少方言曰飛鳥曰雙四鴈曰乘昔三仁去而殷墟二老歸而周熾三仁微子箕子比干孟子曰伯夷避紂居北海之濱聞文王作興曰盍歸乎來吾聞西伯善養老者二老者天下之大老也子胥死而吳亡種蠡存而越霸史記曰吳既誅子胥遂伐齊越王勾踐襲殺吳太子王聞乃歸與越平越王勾踐遂滅吳又曰越王勾踐返國奉國政屬大夫種而使范蠡行成爲質於吳後越大破吳也五羖入而秦喜樂毅出而燕懼史記曰百里奚亡秦走宛秦穆公聞百里奚欲重贖之恐楚不與請以五羖皮贖之楚人許與之繆公與語國事繆公大悅又曰樂毅伐齊破之燕

昭王死子立爲燕惠王乃使騎劫代將而召毅毅畏誅遂西奔趙惠王恐趙用樂毅以伐燕也范雎以折摺而危穰侯危穰侯已見李斯上書折摺已見鄒陽上書晉灼曰摺古拉字也力荅切蔡澤以噤吟而笑唐舉史記曰唐舉見蔡澤熟視而笑曰吾聞聖人不相殆先生乎韋昭曰噤欺稟切吟疑甚切故當其有事也非蕭曹子房平勃樊霍則不能安當其無事也章句之徒相與坐而守之亦無所患故世亂則聖哲馳騖而不足世治則庸夫高枕而有餘說苑曰管仲庸夫也桓公得之以爲仲父漢書賈誼曰陛下高枕終無山東之憂楚辭曰堯舜皆有舉任兮故高枕而自適夫上世之士或解縛而相或釋褐而傅左氏傳曰齊鮑叔師師來言曰子糾親也請君討之管召讎也請受而甘心焉乃殺子糾于生竇召忽死之管仲請囚鮑叔受之及堂阜而脫之歸而以告曰管夷吾治於高傒使相可也公從之墨子曰傅說被褐帶索庸築傅巖武丁得

之舉以爲三公或倚夷門而笑應劭曰侯嬴也秦伐趙趙求救於魏無忌將百餘人往過嬴嬴無所誡更還見嬴嬴笑之以謀告無忌韋昭曰笑人不知己也或橫江潭而漁服虔曰漁父也或七十說而不遇應劭曰孔丘也巳見東方朔荅客難或立談而封侯史記曰虞卿說趙孝成王再見爲趙上卿故號爲虞卿譙周曰食邑於虞也或枉千乘於陋巷呂氏春秋曰齊桓公見小臣稷一日三至弗得見從者曰萬乘之主見布衣之士一日三至而不得見亦可以止矣桓公曰不然士慠爵禄者固輕其主君慠霸王者亦輕其士從夫子慠爵禄吾庸敢慠霸王乎或擁篲而先驅擁篲鄒衍也七略曰方士傳言鄒子在燕其游諸侯畏之皆郊迎擁篲也是以士頗得信其舌而奮其筆窒隙蹈瑕而無所詘也李奇曰君臣上下有瑕隙乖離之漸則可抵而取之窒竹栗切當今縣令不請士郡守不迎師羣卿不揖客將相不俛眉言奇者見疑行殊者得辟言世尚同而惡異爾雅曰辟罪

也行趨步也行胡庚切是以欲談者卷舌而同聲欲步者擬足而投跡言不敢奇異也故欲談者卷舌不言待彼發而同其聲欲行者擬足不前待彼行而投其跡也周易曰子曰同聲相應莊子曰多物將往投跡者衆嚮使上世之士處乎今世策非甲科史記曰歲課甲科爲郎中乙科爲太子舍人然甲科爲第一行非孝廉舉非方正獨可抗疏時道是非高得待詔下觸聞罷又安得青紫言抗疏有所觸犯者帝報以聞而罷之言不任用也且吾聞之炎炎者滅隆隆者絶觀雷觀火爲盈爲實如淳曰周易云雷雨之動滿盈滿水也雷極則爲水火之光炎炎不可久久亦消滅爲灰炭之實也天收其聲地藏其熱高明之家鬼瞰其室李奇曰鬼神害盈而福謙攫拏者亡默默者存位極者高危自守者身全是故知玄知默守道之極淮南子曰天道玄默無容無則

爰清爰靜游神之庭老子曰知清知靜爲天下正惟寂惟漠守德之宅莊子曰恬淡寂漠虛無無爲此道德之質也世異事變人道不殊彼我易時未知何如李奇曰或能勝之今子乃以鴟梟而笑鳳皇執蝘蜓而嘲龜龍不亦病乎孫卿雲賦曰以龜龍爲蝘蜓鴟梟爲鳳皇說文曰在壁曰蝘蜓在草曰蜥蜴蝘烏典切蜓徒顯切子之笑我玄之尚白吾亦笑子病甚不遇俞跗與扁鵲也悲夫史記中庶子謂扁鵲曰臣聞上古之時醫有俞跗醫病不以湯液法言曰扁鵲盧人而善醫跗音附客曰然則靡玄無所成名乎論語曰君子去仁惡乎成名范蔡以下何必玄哉楊子曰范雎魏之亡命也折脅摺髂免於徽索埤蒼曰髂要骨也口亞切翕肩蹈背扶服入橐孟子曰脅肩諂笑劉熙曰脅肩悚體也入橐已見上文激卬萬乘之主介涇陽抵穰侯而

代之當也如淳曰激卬怒也善曰史記曰范睢至秦上書因感怒昭王昭王乃免相國逐涇陽君於關外又曰秦昭王母宣太后長弟曰穰侯姓魏名冉昭王同母弟曰涇陽君蘇林曰介者閒其兄弟使疏也說文曰抵側擊也音紙蔡澤山東之匹夫也顉頤折頞涕唾流沫西揖強秦之相搤其咽而亢其氣拊其背而奪其位時也韋昭曰曲上曰顉欺甚切史記曰蔡澤聞應侯內慙乃西入秦應侯使人召蔡澤蔡澤入則揖應侯應侯延入坐數日言於秦昭王曰客有從山東來者曰蔡澤其人辯士昭王與語悅之應侯請歸相印遂拜蔡澤為相說文曰頞鼻莖也於達切沫洒面也呼憒切廣雅曰咽嗌也一千切嗌音益天下已定金革已平都於洛陽禮記子夏曰三年之喪卒金革之事無避也禮歛漢書曰高祖西都洛陽婁敬委輅脫輓掉三寸之舌建不拔之策舉中國徙之長安適也漢書曰婁敬戍隴西過洛陽高帝在焉敬脫輓曰臣願見上言便宜又說上曰陛下都洛陽不便不如入關據秦之固是日車駕西都長安應劭曰輅謂以木當胷以輓車也論語摘輔像曰子貢

掉三寸之舌動於四海之內五帝垂典三王傳禮百世不易叔孫通起於枹鼓之間解甲投戈遂作君臣之儀得也左氏傳曰援枹而鼓漢書叔孫通曰臣願徵魯諸生弟子共起朝儀也呂刑靡敝秦法酷烈尚書呂命序曰穆王訓夏贖刑禮記曰國家靡敝鄧展曰靡音縻聖漢權制而蕭何造律宜也漢書曰相國蕭何捃摭秦法取其宜於時者作律九章故有造蕭何之律於唐虞之世則悂矣服虔曰悂猶繆也悂布迷切悂或作繆有作叔孫通儀於夏殷之時則惑矣有建婁敬之策於成周之世則乖矣左氏傳曰召公糾合宗族于成周有談范蔡之說於金張許史之間則狂矣金日磾張安世許廣漢史恭史高也夫蕭規曹隨留侯畫策陳平出奇功若泰山響若坻隤應劭曰天水有大坂名曰隴坻其山堆傍着崩落作

聲聞數百里故曰坻隤坻丁禮切韋昭坻音若是理之是字書曰巴蜀名山堆落曰坻韓子曰泰山之功長立於國家日月之名久著於天地雖其人之膽智哉亦會其時之可爲也故爲可爲於可爲之時則從爲不可爲於不可爲之時則凶若夫藺生收功於章臺晉灼曰相如獻璧於此臺四皓采榮於南山四皓已見上文采榮采取榮名也公孫創業於金馬驃騎發跡於祁連孟康曰公孫弘對策於金馬門史記曰弘至太常對策爲第一拜爲博士又曰驃騎將軍霍去病擊匈奴至祁連山捕首虜甚多司馬長卿竊貲於卓氏東方朔割炙於細君史記曰文君夜亡奔相如卓王孫不得已分予文君僮百人錢百萬爲富人居漢書曰伏日詔賜從官肉太官丞日晏不來東方朔獨拔劒割肉即懷肉去太官奏之上曰先生起自責也朔曰受賜不待詔何無禮也拔劒割肉一何壯也割之不多

又何廉也歸遺細君又何仁也上笑曰使先生自責乃反自譽復賜酒一石肉百斤歸遺細君割炙割損其炙也僕誠不能與此數子並故默然獨守吾太玄

荅賓戲一首并序

班孟堅

永平中爲郎典校祕書專篤志於儒學以著述爲業或譏以無功項岱曰或有譏班固雖篤志博學無功勞於時仕不富貴也又感東方朔楊雄自喻以不遭蘇張范蔡之時曾不折之以正道明君子之所守故聊復應焉其辭曰

賓戲主人曰蓋聞聖人有一定之論烈士有不易之分項岱曰謂庖羲堯舜文王周公孔子也論論道化也一定五經垂之萬世後人不能改也分決也謂許由巢父

伯成子高夷齊吴札志自然之决不可變易也善曰淮南子曰士有一定之論女有不易之行亦云名而已矣如淳曰唯貴得名耳故太上有立德其次有立功左氏傳叔孫豹之辭也夫德不得後身而特盛功不得背時而獨彰言德以潤身而功以濟世故德不得後其身而特盛功不得背其時而獨彰言貴及身與時也是以聖哲之治棲棲遑遑言貴及時故不避棲遑之弊也棲遑不安居之意也孔席不暖墨突不黔韋昭曰暖溫也言坐不暖席也文子曰墨子無黔突孔子無煖席非以貪祿慕位欲起天下之利除萬民之害也小雅曰黔黑也巨炎切由此言之取舍者昔人之上務著作者前列之餘事耳劉德曰取者施行道德也舍者守靜無爲也今吾子幸遊帝王之世躬帶紱冕之服師古曰帶大帶冕冠也項岱曰冕服三公卿大夫之服也浮英華湛道德英華草木之美故以喻帝德也浮沈言其洋溢可游泳也禮斗威儀曰帝者德其英華湛古沈

字字或爲耽於義雖同非古文也矕龍虎之文舊矣孟康曰矕被也蘇林曰謂被龍虎之衣也易曰大人虎變其文炳言文章之盛久也矕莫版切卒不能攄首尾奮翼鱗項岱曰攄舒也翼鱗皆謂飛龍振拔洿塗跨騰風雲說文曰洿濁水不流也塗泥也使見之者影駭聞之者響震言見之者雖影而必駭聞之者雖響而必震言驚懼之甚不俟形聲也蒼頡篇曰駭驚也爾雅曰震懼也徒樂枕經籍書紆體衡門上無所蔕下無所根韋昭曰蔕都計切獨攄意乎宇宙之外銳思於毫芒之内項岱曰毫毛也芒毛之顛杪也潛神默記緬以年歲如淳曰緬音亘竟之亘方言曰緬竟也古鄧切晉灼曰以亘爲緬然而器不賈於當己用不効於一世劉德曰賈讎也賈音古雖馳辯如濤波如淳曰潮水之激者爲濤波摛藻如春華韋昭曰摛布也勑施切藻水草之有文者鹽鐵論曰文學繁於春華猶無益於殿最也漢書音義曰上功曰

最下功曰殿意者且運朝夕之策定合會之計使存有顯號
亡有美謚不亦優乎主人逌爾而笑曰項岱曰逌寬舒顏色之貌也讀
作攸若賓之言所謂見世利之華闇道德之實守突奧之
熒燭未仰天庭而覩白日也應劭曰爾雅曰西南隅謂之奥東南隅謂之突字林
曰突一弔切熒小光也曩者王塗蕪穢周失其馭項岱曰周王失牧御之化也
侯伯方軌戰國橫騖項岱曰方併也軌轍也東西交馳謂之騖七國爭彊車既併轍騎復
橫騖於是七雄虓闞分裂諸夏龍戰虎爭晉灼曰詩云闞如虓虎項岱曰
龍以喻人君周易曰龍戰于野其血玄黃虎以喻猛力争不以任也遊說之徒風颮電激
並起而救之其餘猋飛景附霅煜其閒者蓋不可勝載
韋昭曰颮風之聚猥者也音庖晉灼曰霅音曅爾之曅說文熛火飛也猋與熛古字通並必遥切霅煜光明之

貌也霅炎輒切煜弋叔切當此之時摺朽摩鈍鉛刀皆能一斷韋昭曰摺摩也女握切韓詩外傳陳饒謂宋燕曰鉛刀畜之而干將用之不亦難乎是故魯連飛一矢而蹴千金魯連已見上文李奇曰蹴蹋也虞卿以顧眄而捐相印史記曰秦昭王遺趙王書持魏齊頭來魏齊亡出見趙相虞卿虞卿度趙王終不可說乃解其印與魏齊閒行夫啾發投曲感耳之聲項岱曰啾口吟也投曲投合歌曲也合之律度淫𨁝而不可聽者非韶夏之樂也李奇曰淫𨁝不正也因勢合變遇時之容項岱曰容宜也或因際會之勢合變譎之事遇時獨蹔得容也本遇多為偶容多為會風移俗易乖迕而不可通者非君子之法也及至從人合之衡人散之韋昭曰從人合之助六國者衡人散之佐秦者也亡命漂說羈旅騁辭項岱曰委君之徒謂之亡命謂亡君命也善曰左傳陳敬仲曰羈旅之臣杜預曰羈寄也旅客也商鞅挾

三術以鑽孝公服虔曰王霸富國強兵爲三術李斯奮時務而要始皇項岱曰奮發也時務謂六國更相攻伐爭爲雄伯之務彼皆躡風塵之會履顚沛之勢項岱曰彼謂商鞅李斯輩也風發於天以喻君上塵從下起以喻斯等據徼乘邪以求一日之富貴言據徼幸而乘邪僻也朝爲榮華夕爲顦顇福不盈眥禍溢於世李奇曰當富貴之間視之不滿目凶人且以自悔況吉士而是賴乎項岱曰凶人謂商鞅之輩臨死敗皆悔恨之言吉士班固以自託也尚書曰其惟吉士且功不可以虛成名不可以僞立韓設辨以激君呂行詐以賈國服虔曰韓韓非設辨於始皇韋昭曰呂不韋立子楚以市秦利說難既遒其身乃囚應劭曰遒好也項岱曰韓非作說難之書欲以爲天下法式上書既終而爲李斯所疾乃囚而死秦貨既貴厥宗亦墜史記曰秦昭王子子楚質於趙呂不韋賈邯鄲見曰此奇貨可居乃以五百金與子

楚復以五百金買奇物玩好而遊秦獻華陽夫人立子楚爲嫡嗣秦王薨謚爲孝文子楚代立爲莊襄王以呂不韋爲丞相竟飲酖而死故云厥宗亦墜尚書曰弗德罔大墜厥宗是以仲尼抗浮雲之志孟軻養浩然之氣孔叢子子思曰抗志則不愧於道論語子曰不義而富且貴於我如浮雲孟子曰我善養吾浩然之氣敢問何謂浩然之氣曰難言也其爲氣也至大至剛以直養而無害則塞乎天地之間項岱曰皓白也如天之氣皓然也彼豈樂爲迂闊哉道不可以貳也項岱曰迂遠也貳二也君子履端於始歸成於終擬聖人之道豈可二行如斯執韓非不韋之徒也善曰說文曰迂羽夫切方今大漢洒埽群穢夷險芟荒晉灼曰發開也今諸本皆作芟字善曰埽即今掃字也廓帝紘恢皇綱項岱曰紘張也皇君也善曰許愼淮南子注曰紘維也基隆於羲農規廣於黃唐其君天下也炎之如日威之如神函之如海養之如春說文曰炎火也謂光照也史記曰帝堯其仁如天其智如神就

之如日望之如雲朝錯新書曰臣聞帝王之道包之如海養之如春是以六合之內莫不同源共流韋昭曰六合天地四方也沐浴玄德稟仰太龢史記太公曰沐浴膏澤尚書曰玄德升聞法言曰或問太和曰其在唐虞成周也龢古和字枝附葉著譬猶草木之植山林鳥魚之毓川澤得氣者蕃滋失時者零落項岱曰蕃盛也零凋病也言遇仕者昌盛不遇者凋病如萬物於天地之間也參天地而施化豈云人事之厚薄哉項岱曰參三也言漢家之施化布德周參天地豈人所能論耶今吾子處皇代而論戰國曜所聞而疑所覿欲從氂敦而度高乎泰山懷氿濫而測深乎重淵亦未至也服虔曰敦音頓頓丘也應劭曰爾雅曰前高氂丘如覆敦者敦丘也爾雅曰氿泉穴出穴出仄出也濫泉正出正出涌出也服虔曰氿音軌韋昭曰濫音檻氂音旄郭璞爾雅注曰敦盂也都回切賓曰若夫鞅斯之倫衰

周之卤人既聞命矣項岱曰周襄王霸起執斯說得行故言襄周卤人也敢問上古之士處身行道輔世成名可述於後者默而已乎主人曰何爲其然也昔者咎繇謨虞箕子訪周尚書曰咎繇矢厥謨又曰武王勝殷以箕子歸又曰王訪于箕子言通帝王謀合神聖殷說夢發於傅巖周望兆動於渭濱尚書曰高宗夢得說使百工營求諸傅巖史記曰太公望以漁釣奸周西伯將出占之曰所獲非龍非虎非熊非羆所獲霸王之輔西伯果遇太公渭濱齊甯激聲於康衢漢良受書於邳垠說苑陳子說梁王曰甯戚飯牛康衢擊車輻而歌桓公得之而霸也爾雅曰五達曰康四達曰衢漢書曰張良從容步遊下邳圯上有一老父出一編書曰讀是則爲王者師晉灼曰垠涯也邳水之涯也皆竢命而神交匪詞言之所信故能建必然之策展無窮之勳也近者陸子優游新語以興

董生下帷發藻儒林鄭玄曰優游不仕也史記高帝拜陸賈爲太中大夫謂賈曰試爲我著秦所以失天下我所以得之者何陸生乃祖述存亡之徵凡著十二篇號其書曰新語又曰董仲舒以治春秋爲博士下帷講誦弟子或莫見其面劉向司籍辨章舊聞揚雄譚思法言太玄項岱曰司主也籍書籍也善曰漢書曰光祿大夫劉向校經傳諸子詩賦每一卷書已向輒條其篇目撮其旨意錄而奏之又曰揚雄譚思渾天又譔十二卷象論語號曰法言渾天即太玄經也皆及時君之門闈究先聖之壼奧應劭曰爾雅曰宮中巷謂之壼壼苦本切婆娑乎術藝之場項岱曰婆娑偃息也場圃講經藝之處也休息乎篇籍之囿以全其質而發其文用納乎聖德烈炳乎後人斯非亞與項岱曰聖德明君知賢而納用之也烈業也後人著書傳之後世若乃伯夷抗行於首陽柳惠降志於辱仕顏潛樂於簞瓢孔終篇於西狩論語子曰

賢哉回也一簞食一瓢飲在陋巷人不堪其憂回也不改其樂左氏傳曰哀公十四年春西狩獲麟春秋元命包曰孔子曰丘作春秋始於元終於麟王道成也聲盈塞於天淵眞吾徒之師表也項岱曰言若此之榮名上達皇天下洞重泉也且吾聞之一陰一陽天地之方周易曰一陰一陽之謂道孔安國論語注曰方猶常也乃文乃質王道之綱項岱曰或施質道或施文道此王者所以爲綱維也善曰春秋元命包曰一質一文據天地之道天質而地文曰正朔三而改文質再而復有同有異聖哲之常項岱曰有同仕遇而進有異不合而退此聖人之常道故曰愼脩所志守爾天符委命供己味道之腴項岱曰符相命也腴道之美者也善曰文子曰不言之師不道之道若或通焉謂之天符栢譚荅楊雄書曰子雲勤味道腴者神之聽之名其舍諸項岱曰有賢智君子行之如此神豈舍之乎將必福禄之也善曰毛詩曰神之聽之式穀與汝實又不聞和氏之璧韞於荊石隋侯之

珠藏於蚌蛤乎歷世莫眡不知其將含景曜吐英精曠千載而流光也韓子曰楚人和氏得璞玉於楚山之中奉而獻之成王使玉人理其璞而得寶焉遂名曰和氏之璧淮南子曰隋侯之珠和氏之璧得之者富失之者貧高誘曰隋侯見大蛇傷斷以藥傅而塗之後蛇於江中銜大珠以報之因名曰隋侯之珠應龍潛於潢汙魚黿媟之項岱曰天有九龍應龍有翼服虔曰左氏傳注曰蓄小水謂之潢不洩謂之汙不覩其能奮靈德合風雲超忽荒而躆昊蒼也項岱曰忽荒天上也昊蒼皆天名也徐廣史記注躆音戟躆與據同謂之足戟持之並京逆切故夫泥蟠而天飛者應龍之神也先賤而後貴者和隋之珍也時暗而久章者君子之真也項岱曰時暗未顯用時也久舊也章明也言君子懷德雖初時未見顯用後亦終自明達如應龍蟠屈而升天隋和先賤而後貴也如此是比君子道德之真言屈伸如一無變也善曰淮南子曰君子之道久而章遠而隆

也若乃牙曠清耳於管絃離婁眇目於毫分項岱曰牙伯牙也曠
師曠也管鍾律之管絃琴瑟之調也毫毛分秋毫之末分也
善曰纏子董無心曰離婁之目察秋毫之末於百步之外
可謂明矣逢蒙絕技於弧矢般輸摧巧於斧斤吳越春秋陳章曰黃帝作
弓後有楚弧父以其道傳羿羿傳逢蒙項
岱曰公輸若之族名班韋昭曰摧猶專也良樂軼能於
相馭烏獲抗力於千鈞項岱曰良王良晉人也樂伯樂秦穆公時人也軼過也王良善
御馬伯樂工相馬抗力力抗也三十斤曰鈞千鈞者三萬
斤善曰呂氏春秋薄疑説衛嗣君曰烏獲舉千鈞又況一
斤乎和鵲發精於鍼石研桑心計於無垠左氏傳曰晉侯求醫於秦秦伯
使醫和視之史記曰扁鵲使弟子子陽厲鍼砥石又曰
越王勾踐困於會稽之上乃用范蠡計然韋昭曰研范
蠡之師計然之名也漢書曰桑弘
羊雒陽賈人子以心計爲侍中也走亦不任廁技於彼
列故密爾自娛於斯文服虔曰走孟堅自謂也爾雅曰密靜也

辭

秋風辭一首并序　漢武帝

上行幸河東祠后土顧視帝京欣然中流與群臣飲燕上歡甚乃自作秋風辭曰

秋風起兮白雲飛草木黃落兮鴈南歸（禮記曰季秋之月草木黃落鴻鴈來賓）蘭有秀兮菊有芳攜佳人兮不能忘泛樓舡兮濟汾河（應劭漢書注曰作大舡上施樓故號曰樓舡）橫中流兮揚素波（列女傳津吏女歌曰水揚波兮杳冥冥）簫鼓鳴兮發棹歌（棹歌引棹而歌）歡樂極兮哀情多（列女傳陶荅子妻曰樂極必哀來）少壯幾時兮奈老何（古長歌行曰少壯不努力老大乃悲傷）

歸去來一首

陶淵明 序曰余家貧又心憚遠役彭澤縣去家百里故便求之及少日眷然有歸與之情自免去職因事順心命篇曰歸去來

歸去來兮田園將蕪胡不歸毛詩曰式微式微胡不歸既自以心爲形役奚惆悵而獨悲淮南子曰是皆形神俱役者也楚辭曰惆悵兮而私自憐悟已往之不諫知來者之可追論語楚狂接輿歌曰往者不可諫來者猶可追寔迷途其未遠覺今是而昨非迷途已見上遲與陳伯之書莊子謂惠子曰孔子行年六十而化始時所是卒而非之未知今之所謂是之非五十九非也舟遙遙以輕颺風飄飄而吹衣問征夫以前路恨晨光之熹微毛詩曰駪駪征夫聲類曰熹亦熙字也熙光明也乃瞻衡宇載欣載奔毛詩曰衡門之下可以棲遲僮僕

歡迎稚子候門周易曰得僮僕貞史記曰楚懷王稚子子蘭三逕就荒松菊猶存三輔決録曰蔣詡字元卿舍中三逕唯羊仲求仲從之遊皆挫廉逃名不出攜幼入室有酒盈罇戰國策曰扶老攜幼迎孟嘗君嵇康贈秀才詩曰旨酒盈樽引壺觴以自酌眄庭柯以怡顏陸機高祖功臣頌曰怡顏高覽倚南窻以寄傲審容膝之易安韓詩外傳北郭先生妻曰今結駟列騎所安不過容膝食方丈於前所甘不過一肉園日涉以成趣門雖設而常關爾雅曰堂上謂之行堂下謂之步門外謂之趨中庭謂之走郭璞曰此皆人行步趨走之處因以名趨避聲也七喻切策扶老以流憩時矯首而遐觀易林曰鳩杖扶老衣食百口王逸楚辭注曰矯舉也雲無心以出岫鳥倦飛而知還景翳翳以將入撫孤松而盤桓丁儀妻寡婦賦曰時翳翳而稍陰日亹亹以西墜爾雅曰盤桓不進也歸去來兮請息交以絶游列子

曰公孫穆屛親昵絕交游世與我而相遺復駕言兮焉求桓子新論曰凡人性難極也難知也故其絕異者常爲世俗所遺失焉毛詩曰駕言出遊又曰知我者謂我心憂不知我者謂我何求悅親戚之情話樂琴書以消憂說文曰話會合爲善言也劉歆遂初賦曰玩琴書以滌暢農人告余以春兮將有事乎西疇賈逵國語注曰一井爲疇或命巾車或棹孤舟孔叢子孔子歌曰巾車命駕將適唐都鄭玄周禮注曰巾猶衣也既窈窕以尋壑亦崎嶇而經丘曹攄贈石荆州詩曰窈窕山道深埋蓊曰崎嶇不安之貌木欣欣以向榮泉涓涓而始流毛萇詩傳曰欣欣樂也家語金人銘曰涓涓不壅爲江爲河善萬物之得時感吾生之行休大戴禮曰君道當則萬物皆得其宜郭璞遊仙詩曰吾生獨不化莊子曰其生若浮其死若休已矣乎寓形宇內復幾時曷不委心任去留尸子老萊子曰人生於天地之

閒寄也琴賦曰委性命兮任去留胡爲遑遑欲何之孟子曰傳云孔子三月無君則遑遑如也孔叢子孔子歌曰天下如一欲何之富貴非吾願帝鄉不可期大戴禮孔子曰所謂賢人者躬爲匹夫而不願富貴莊子華封人謂堯曰乘彼白雲至于帝鄉懷良辰以孤往或植杖而耘耔東征賦曰選良辰而將行淮南子要略曰山谷之人輕天下細萬物而獨往者也司馬彪曰獨往任自然不復顧世論語曰植其杖而耘毛詩曰或耘或耔登東皋以舒嘯臨清流而賦詩阮籍奏記曰將耕東皋之陽毛萇詩傳曰舒緩也琴賦曰臨清流而賦新詩聊乘化以歸盡樂夫天命復奚疑家語孔子曰化於陰陽象形而發謂之生化窮數盡謂之死莊子曰生有所乎萌死有所乎歸周易曰樂天知命故不憂

序上

毛詩序一首　卜子夏家語曰卜商字子夏衛人也　鄭氏箋

關雎后妃之德也風之始也所以風天下而正夫婦也故用之鄉人焉用之邦國焉風風也教也風以動之教以化之詩者志之所之也在心爲志發言爲詩情動於中而形於言言之不足故嗟嘆之嗟嘆之不足故永歌之永歌之不足不知手之舞之足之蹈之也情發於聲聲成文謂之音發猶見也聲謂宮商角徵羽也聲成文者宮商上下相應也治世之音安以樂其政和亂世之音怨以怒其政乖亡國之音哀以思其民困故正得失動天地感鬼神莫近於詩先王以是經夫婦成孝敬厚人倫美教化移風俗故詩有六義焉一曰風二曰賦三曰比四曰興五曰雅六曰頌

上以風化下下以風刺上主文而譎諫言之者無罪聞之者足以戒故曰風風化風刺皆謂譬喻不斥言也主文主與樂宮商相應也譎諫詠歌依違不直諫也至于王道衰禮義廢政教失國異政家殊俗而變風變雅作矣國史明乎得失之迹傷人倫之廢哀刑政之苛吟詠情性以風其上達於事變而懷其舊俗者也故變風發乎情止乎禮義發乎情民之性也止乎禮義先王之澤也是以一國之事繫一人之本謂之風言天下之事形四方之風謂之雅雅者正也言王政之所由廢興也政有小大故有小雅焉有大雅焉頌者美盛德之形容以其成功告於神明者也是謂四始詩之志

也始者謂王道興衰之所由也然則關雎麟趾之化王者之風故繫之周公南言化自北而南也鵲巢騶虞之德諸侯之風也先王之所以教故繫之召公自從也從北而南謂其化從岐周被江漢之域先王所太王王季文王也周南召南正始之道王化之基是以關雎樂得淑女以配君子憂在進賢不淫其色哀窈窕思賢才而無傷善之心焉是關雎之義也哀蓋字之誤也哀當爲衷謂中心念恕之也无傷善之心謂好仇也

尚書序一首　孔安國漢書曰孔安國以治尚書爲武帝博士臨淮太守

古者伏犧氏之王天下也始畫八卦造書契以代結繩之政由是文籍生焉伏羲神農黃帝之書謂之三墳言

大道也少昊顓頊高辛唐虞之書謂之五典言常道也
至于夏商周之書雖設教不倫雅誥奥義其歸一揆是
故歷代寳之以爲大訓八卦之説謂之八索求其義也
九州之志謂之九丘丘聚也言九州所有土地所生風
氣所宜皆聚此書也春秋左氏傳曰楚左史倚相能讀
三墳五典八索九丘即謂上世帝王遺書也先君孔子
生於周末覩史籍之煩文懼覽之者不一遂乃定禮樂
明舊章删詩爲三百篇約史記而修春秋讚易道以黜
八索述職方以除九丘討論墳典斷自唐虞以下訖於
周芟夷煩亂翦截浮辭舉其宏綱撮其機要足以垂世

立教典謨訓誥誓命之文凡百篇所以恢引至道示人主以軌範也帝王之制坦然明白可舉而行三千之徒並受其義及秦始皇滅先代典籍焚書坑儒天下學士逃難解散我先人用藏其家書于屋壁漢室龍興開設學校旁求儒雅以闡大猷濟南伏生年過九十失其本經口以傳授裁二十餘篇以其上古之書謂之尚書百篇之義世莫得聞至魯共王好治宮室壞孔子舊宅以廣其居於壁中得先人所藏古文虞夏商周之書及傳論語孝經皆科斗文字王又升孔子堂聞金石絲竹之音乃不壞宅悉以書還孔氏科斗書廢已久時人無能

知者以所聞伏生之書考論文義定其可知者爲隸古定更以竹簡寫之增多伏生二十五篇伏生又以舜典合於堯典益稷合於臯陶謨盤庚三篇合爲一康王之誥合於顧命復出此篇并序凡五十九篇爲四十六卷其餘錯亂摩滅不可復知悉上送官藏之書府以待能者承詔爲五十九篇作傳於是遂研精覃思博考經籍採摭羣言以立訓傳約文申義敷暢厥旨庶幾有補於將來書序序所以爲作者之意昭然義見宜相附近故引之各冠其篇首定五十八篇既畢會國有巫蠱事經籍道息用不復以聞傳之子孫以貽後世若好古博雅

君子與我同志亦所不隱也

春秋左氏傳序一首

杜預 臧榮緒晉書曰杜預字元凱京兆人也起家拜尚書郎稍遷至鎮南大將軍都督荆州諸軍事平吴加位特進薨

春秋者魯史記之名也記事者以事繫日以日繫月以月繫時以時繫年所以紀遠近別同異也故史之所記必表年以首事年有四時故錯舉以爲所記之名也周禮有史官掌邦國四方之事達四方之志諸侯亦各有國史大事書之於策小事簡牘而已孟子曰楚謂之檮杌晉謂之乘而魯謂之春秋其實一也韓宣子適魯見

易象與魯春秋曰周禮盡在魯矣吾乃今知周公之德與周之所以王也韓子所見蓋周之舊典禮經也周德既衰官失其守上之人不能使春秋昭明赴告策書諸所記注多違舊章仲尼因魯史策書成文考其真僞而志其典禮上以遵周公之遺制下以明將來之法其教之所存文之所害則刊而正之以示勸誡其餘皆即用舊史史有文質辭有詳略不必改也故傳曰其善志又曰非聖人孰能修之蓋周公之志仲尼從而明之左丘明受經於仲尼以爲經者不刊之書也故傳或先經以始事或後經以終義或依經以辨理或錯經以合異隨

義而發其例之所重舊史遺文略不盡舉非聖人所修之要故也身爲國史躬覽載籍必廣記而備言之其文緩其旨遠將令學者原始要終尋其枝葉究其所窮優而柔之使自求之饜而飫之使自趨之若江海之浸膏澤之潤渙然冰釋怡然理順然後爲得也其發凡以言例皆經國之常制周公之垂法史書之舊章仲尼從而脩之以成一經之通體其微顯闡幽裁成義類者皆據舊例而發義指行事以正褒貶諸稱書不書先書故書不言不稱書曰之類皆所以起新舊發大義謂之變例然亦有史所不書即以爲義者此蓋春秋新意故傳不

言凡曲而暢之也其經無義例因行事而言則傳直言其歸趣而已非例也故發傳之體有三而爲例之情有五一曰微而顯文見於此而義起在彼稱族尊君命舍族尊夫人梁亡城緣陵之類是也二曰志而晦約言示制推以知例參會不地與謀曰及之類是也三曰婉而成章曲從義訓以示大順諸所諱避璧假許田之類是也四曰盡而不汙直書其事具文見意丹楹刻桷天王求車齊侯獻捷之類是也五曰懲惡而勸善求名而亡欲蓋而章書齊豹盜三叛人名之類是也推此五體以尋經傳觸類而長之附于二百四十二年行事王道之正

人倫之紀備矣或曰春秋以錯文見義若如所論則經當有事同文異而無其義也先儒所傳皆不其然荅曰春秋雖以一字爲襃貶然皆須數句以成言非如八卦之爻可錯綜爲六十四也固當依傳以爲斷古今言左氏春秋者多矣今其遺文可見者十數家大體轉相祖述進不成爲錯綜經文以盡其變退不守丘明之傳於丘明之傳有所不通皆沒而不説而更膚引公羊穀梁適足自亂預今所以爲異專脩丘明之傳以釋經經之條貫必出於傳傳之義例總歸諸凡推變例以正襃貶簡二傳而去異端蓋丘明之志也其有疑錯則備論而

闕之以俟後賢然劉子駿創通大義賈景伯父子許惠卿皆先儒之美者也末有潁子嚴者雖淺近亦復名家故特舉劉賈許潁之違以見同異分經之年與傳之年相附比其義類各隨而解之名曰經傳集解又別集諸例及地名譜第歷數相與爲部凡四十部十五卷皆顯其異同從而釋之名曰釋例將令學者觀其所聚異同之說釋例詳之也或曰春秋之作左傳及穀梁無明文說者以爲仲尼自衛反魯修春秋立素王丘明爲素臣言公羊者亦云黜周而王魯危行言遜以避當時之害故微其文隱其義公羊經止獲麟而左氏經終孔丘卒

敢問所安荅曰異乎余所聞仲尼曰文王既沒文不在兹乎此制作之本意也歎曰鳳鳥不至河不出圖吾已矣夫蓋傷時王之政也麟鳳五靈王者之嘉瑞也今麟出非其時虛其應而失其歸此聖人所以爲感也絶筆于獲麟之一句者所感而起固所以爲終也曰然春秋何始於魯隱公荅曰周平王東周之始王也隱公讓國之賢君也考乎其時則相接言乎其位則列國本乎其始則周公之祚胤也若平王能祈天永命紹開中興隱公能弘宣祖業光啓王室則西周之美可尋文武之跡不墜是故因其歷數附其行事采周之舊以會成王義垂

法將來所書之王即平王也所用之歷即周正也所稱之公即魯隱也安在其黜周而王魯乎子曰如有用我者吾其爲東周乎此其義也若夫制作之文所以彰往考來情見乎辭言高則旨遠辭約則義微此理之常非隱之也聖人包周身之防既作之後方復隱諱以避患非所聞也子路使門人爲臣孔子以爲欺天而云仲尼素王丘明素臣又非通論也先儒以爲制作三年文成致麟既巳妖妄又引經以至仲尼卒亦又近誣據公羊經止獲麟而左氏小邾射不在三叛之數故余以爲感麟而作作起獲麟則文止於所起爲得其實至於反袂

拭面稱吾道窮亦無取焉

三都賦序一首 臧榮緒晉書曰左思作三都賦世人未重皇甫謐有高名於世思乃造而示之謐稱善爲其賦序也

皇甫士安 臧榮緒晉書曰皇甫謐字士安安定朝那人年二十始受書得風痺疾猶手不輟卷舉孝廉不行又辟著作不應卒於家

玄晏先生曰 謐自序曰始志乎學而自號玄晏先生玄靜也晏安也先生學人之通稱也 古人稱不歌而頌謂之賦 漢書曰傳云不歌而頌謂之賦 然則賦也者所以因物造端敷弘體理欲人不能加也 漢書曰登高能賦可以爲大夫言感物造端材智深美可以列爲大夫也釋名曰賦敷也敷布其義謂之賦 引而申之故文必極美觸類而長之故辭必盡麗 周易曰引而申之觸類而長之天下之能

事畢矣然則美麗之文賦之作也法言曰詩人之賦麗以則昔之爲文者非苟尚辭而已法言曰或曰君子尚辭乎曰君子事之爲尚將以紐之王教本乎勸戒也說文曰紐系也女九切自夏殷以前其文隱沒靡得而詳焉夏有五子之歌殷有湯頌周監二代文質之體百世可知論語子曰周監於二代郁郁乎文哉吾從周又子曰其或繼周者雖百世可知也故孔子采萬國之風正雅頌之名集而謂之詩漢書曰古有采詩之官王者所以觀風俗知得失自考正也孔子純取周詩詩人之作雜有賦體子夏序詩曰一曰風二曰賦故知賦者古詩之流也兩都賦序曰賦者古詩之流也至于戰國王道陵遲風雅寖頓於是賢人失志辭賦作焉漢書曰春秋之後周道寖壞而賢人失志之賦作矣是以孫卿屈原之屬遺文炳

然辭義可觀西都賦序曰文章炳焉論語曰必有可觀者焉存其所感咸有古詩之意皆因文以寄其心託理以全其制賦之首也漢書曰大儒孫卿及楚臣屈原離讒憂國皆作賦以風咸有惻隱古詩之義班固漢書述曰蔚爲辭宗賦頌之首及宋玉之徒淫文放發言過于實誇競之興體失之漸風雅之則於是乎乖漢書曰其後宋玉唐勒競爲侈麗宏衍之詞沒其風諭之義法言曰辭人之賦麗以淫逮漢賈誼頗節之以禮自時厥後綴文之士不率典言並務恢張其文博誕空類孔安國尚書大傳曰誕大也大者罩天地之表細者入毫纖之内雖充車聯駟不足以載廣夏接欀不容以居也其中高者至如相如上林楊雄甘泉班固兩都張衡二京馬融廣成王生靈光范曄後漢

書曰馬融爲校書郎時鄧太后臨朝遂寢蒐狩之禮故猾賊縱横融以爲文武之道聖賢不墜上廣成頌以諷諫初極宏侈之辭終以約簡之制煥乎有文蔚爾鱗集皆近代辭賦之偉也論語子曰大哉堯之爲君煥乎其有文章也周易曰君子豹變其文蔚也難蜀父老曰鱗集仰流若夫土有常産俗有舊風方以類聚物以群分周易曰方以類聚物以羣分吉凶生矣而長卿之儔過以非方之物寄以中域虛張異類託有於無祖構之士雷同影附流宕忘反非一時也徐廣史記注曰祖者宗習之謂也蔡邕郭有道碑曰望形表而影附謝承後漢書序曰士庶流宕他州異境曩者漢室内潰四海圮裂孫劉二氏割有交益魏武撥亂擁據函夏公羊傳曰撥亂反正函夏已見赭白馬賦故作者先爲吳蜀二客盛稱其本土險阻瓌琦可以偏

王埤蒼曰瓌瑋珍琦也而却爲魏主述其都畿引敞豐麗奄有諸華之意言吳蜀以擒滅比亡國而魏以交禪比唐虞既已著逆順且以爲鑒戒漢書曰甚誘逆之理西京賦曰鑒戒唐詩蓋蜀包梁岷之資吳割荆南之富魏跨中區之衍考分次之多少計殖物之衆寡星之分次物之生殖也周禮曰以星土辨九州之地所封域又曰動物宜毛植物宜阜比風俗之清濁課士人之優劣亦不可同年而語矣過秦論曰則不可同年而語矣二國之士各沐浴所聞史記曰太史公曰成王作頌沐浴膏澤家自以爲我土樂人自以爲我民良皆非通方之論也作者又因客主之辭正之以魏都折之以王道其物土所出可得披圖而校左氏傳賓媚人曰疆理天下物土之宜杜預曰播殖

之物各從土宜體國經制可得按記而驗豈誣也哉周禮曰惟王建國體國經野鄭玄曰體猶分也

思歸引序一首　石季倫

余少有大志夸邁流俗弱冠登朝臧榮緒晉書曰崇早有智慧年二十餘爲修武令有能名范曄後漢書馬援曰吾從弟少遊哀吾慷慨多大志禮記曰不從流俗班固漢書述曰矯矯賈生弱冠登朝歷位二十五年五十以事去官臧榮緒晉書曰崇爲大司農坐未被書擅去官免晚節更樂放逸篤好林藪魏太祖祭喬玄文曰非至親之篤好胡肯爲此辭哉遂肥遁於河陽別業周易曰肥遁無不利其制宅也却阻長堤前臨清渠百木幾於萬株流水周於舍下楚辭曰水周兮堂下有觀閣池沼多養魚鳥家素習技頗有秦趙之聲班固

漢書楊惲報孫會宗書曰家本秦人能爲秦聲婦趙女也雅善鼓瑟出則以游目弋釣爲事入則有琴書之娛楚辭曰忽反顧以游目劉歆遂初賦曰玩琴書以條暢又好服食咽氣志在不朽古詩曰服食求神仙傲然有凌雲之操漢書曰司馬相如旣奏大人賦天子曰飄飄有凌雲之氣仲長子昌言曰節操凌高雲欻許勿復見牽羈婆娑於九列臧榮緒晉書曰崇後爲太僕困於人間煩黷常思歸而永歎賈逵國語注曰黷媟也毛詩曰兹之永歎尋覽樂篇有思歸引琴操思歸者衛女之所作也欲歸不得心悲憂傷援琴而歌作思歸引儻古人之情有同於今故制此曲此曲有絃無歌今爲作歌辭以述余懷恨時無知音者令造新聲而播於絲竹也周禮曰播之以八音

文選卷第四十五

賜進士出身通奉大夫江南蘇松常鎮太等處承宣布政使司布政使胡克家重校刊

文選卷第四十六

梁昭明太子撰

文林郎守太子右內率府録事參軍事崇賢館直學士臣李善注上

序下

陸士衡豪士賦序一首

顏延年三月三日曲水詩序一首

王元長三月三日曲水詩序一首

任彥昇王文憲集序一首

豪士賦序一首

陸士衡

臧榮緒晉書曰機惡齊王冏矜功自伐受爵不讓及齊亡作豪士賦吕氏春秋曰老聃孔子墨翟關尹子

列子陳駢楊朱孫臏王寥兒良此十人者皆天下之豪士也然機猶假美號以名賦也

夫立德之基有常而建功之路不一左氏傳穆叔曰太上有立德其次有立功何則循心以爲量者存乎我言立德必循於心故存乎我因物以成務者繫乎彼言建功必因於物故繫乎彼存夫我者隆殺止乎其域繫乎物者豐約唯所遭遇言德有常量至域便止功無常則因遇乃成域謂身也落葉俟微風以隕而風之力蓋寡漢書王恢謂韓安國曰夫草木遭霜者不可以遇風孟嘗遭雍門而泣而琴之感以末桓子新論曰雍門周以琴見孟嘗君孟嘗君曰先生鼓琴亦能令文悲乎對曰臣竊爲足下有所悲千秋萬歲後墳墓生荆棘游童牧豎躑躅其足而歌其上曰孟嘗君之尊貴亦猶若是乎於是孟嘗君喟然太息涕承睫而未下雍門周引琴而鼓之徐動宮徵揮角羽初終而成曲孟嘗君遂歔欷而就之是琴之感以末也何者欲隕之葉無所

假烈風將墜之泣不足繫哀響也是故苟時啓於天理盡於民時旣啓之於天理又盡於人事言立功易也庸夫可以濟聖賢之功斗筲可以定烈士之業說苑曰管仲庸夫也桓公得之以爲仲父論語子貢曰今之從政者何如子曰噫斗筲之人何足算也故曰才不半古而功已倍之蓋得之於時勢也孟子曰當今之時萬乘之國行仁政民之悅之猶解倒懸也故事半古之人功必倍之唯此時爲然歷觀古今徼一時之功而居伊周之位者有矣孟子曰彼一時此一時夫我之自我智士猶嬰其累物之相物昆蟲皆有此情孟子曰爾爲爾我爲我文子曰譬吾處於天下亦爲一物也然則我亦物也而物亦物也物之與我也有何以相物也禮記曰昆蟲未蟄鄭玄曰昆明也明蟲者陽而生陰而藏夫以自我之量而挾非常之勳神器暉其顧眄萬物隨其俯仰老子

曰天下神器不可爲也爲者敗之心玩居常之安耳飽從諛之說史記汲黯曰上置公卿寧令從諛承意陷主於不義乎豈識乎功在身外任出才表者哉且好榮惡辱有生之所大期孫卿子曰好榮惡辱好利惡害是君子小人之所同忌盈害上鬼神猶且不免周易曰鬼神害盈而福謙左氏傳狼瞫曰周志有之勇則害上不登於明堂人主操其常柄天下服其大節韓子曰操生殺之柄此人主之勢也左氏傳仲尼曰唯器與名不可以假人君之所司也政之大節也故曰天可讎乎左氏傳曰楚子入于雲中鄖公辛之弟懷將殺王辛曰君討臣誰敢讎之君命天也若死天命將誰讎乎而時有祓服荷戟立于廟門之下援旗誓衆奮於阡陌之上漢書曰宣帝祠孝昭廟先敺旄頭劒挺墮地首垂泥土中刃嚮乘輿車馬驚於是召梁丘賀筮之有兵謀不吉上還使有司侍祠時霍氏外孫代郡太守任宣坐謀反誅宣子章爲公車丞亡在渭城界中夜祓服入廟居郎間

執戟立廟門待上至欲爲逆發覺伏誅蘇林曰袨服黑服也過秦論曰陳涉躡足行伍之閒而倔起阡陌之中斬木爲兵揭竿爲旗援于元切況乎代主制命自下財物者哉后以財成而臣爲之故云自下尸子曰天生萬物聖人財之廣樹恩不足以敵怨勤興利不足以補害故曰代大匠斲者必傷其手老子曰夫代大匠斲希有不傷其手且夫政由甯氏忠臣所爲慷慨祭則寡人人主所不久堪左氏傳曰衛獻公使與甯喜言曰苟反國政由甯氏祭則寡人是以君奭鞅鞅於亮不悅公旦之舉高平師師側目博陸之勢尚書序曰召公爲保周公爲師相成王爲左右召公不悅漢書景帝目送周亞夫曰此之鞅鞅非少主臣也又曰魏相字弱翁遷御史四歲代韋賢爲丞相封高平侯班固述魏相曰高平師師惟辟作威圖黜凶害天子是毗韋昭曰師師相尊法也漢書曰列侯宗室見郅都側目又曰霍光爲博陸侯而成王不遣嫌吝於懷宣帝若負芒刺於背非其然者

與尚書曰武王既喪管叔及群弟流言於國曰公將不利於孺子孔安國曰成王信流言而疑周公漢書曰宣帝始立謁見高廟大將軍霍光從驂乘上内嚴憚之若有芒刺在背嗟乎光于四表德莫富焉王曰叔父親莫昵焉尚書曰光被四表毛詩曰王曰叔父毛萇曰叔父謂周公也登帝大位功莫厚焉守節没齒忠莫至焉漢書昭帝崩霍光上奏曰太宗亡嗣孝武皇帝曽孫病巳可以嗣孝昭皇帝太后詔可尚書伊尹曰天位艱哉李陵與蘇武書曰薄賞子以守節論語或問管仲曰奪伯氏駢邑三百飯疏食没齒無怨言而傾側顛沛僅而自全則伊生抱明允以嬰戮文子懷忠敬而齒劒固其所也尚書曰太甲既立不明伊尹放諸桐左氏傳曰高陽氏有才子明允篤誠紀年曰太甲潛出自桐殺伊尹吳越春秋曰文種者本楚南郢人也姓文字少禽禮記孔子曰儒有懷忠信以待舉史記曰勾踐平吳人或讒大夫種且作亂越王乃賜種劒曰子教寡人伐吳七術寡人用其三而敗吳其四在子子爲我從先

王試之種遂自殺枚叔上書諫吳王曰腐肉之齒利劒也因斯以言夫以篤聖穆親如彼之懿謂周公也大德至忠如此之盛謂霍光也尚不能取信於人主之懷止謗於衆多之口鄒陽於獄上書曰不奪乎衆多之口過此以往惡烏覩其可安危之理斷可識矣又況乎饕土高大名以冒道家之忌運短才而易聖哲所難者哉穀梁傳曰君不尸小事臣不專大名老子曰富貴而驕自遺其咎莊子曰功成者隳名成者虧孰能去功與名而還與衆人身危由於勢過而不知去勢以求安禍積起於寵盛而不知辭寵以招福見百姓之謀己則申宮警守以崇不畜之威左氏傳曰公待於壞隤申宮警備設守而後行杜預曰申整宮備也懼萬民之不服則嚴刑峻制以賈古傷心之怨新序曰商鞅爲嚴刑峻法易古三代之制

杜預左氏傳注曰賈責也尚書曰民罔不盡傷心然後威窮乎震主而怨行乎上下漢書蒯通說韓信曰臣聞勇略震主者身危功蓋天下者不賞衆心日陊直氏危機將發而方偃仰瞪直孕眄謂足以夸世毛詩曰或棲遲偃仰魯靈光殿賦曰齊首目以瞪眄埤蒼曰瞪直視也笑古人之未工亡已事之巳拙知曩勳之可矜暗成敗之有會是以事窮運盡必於顛仆音赴風起塵合而禍至常酷也苔賓戲曰彼皆躡風塵之會履顛沛之勢項岱曰彼謂李斯輩也風發於天以諭君上塵從下起以諭斯等聖人忌功名之過己惡寵祿之踰量蓋爲此也夫惡欲之大端賢愚所共有禮記曰飲食男女人之大欲存焉死亡貧苦人之大惡存焉故惡欲者心之大端也而游子殉高位於生前志士思垂名於身後受生之分唯此而已夫蓋世之

業名莫大焉漢書曰項羽歌曰力拔山兮氣蓋世震主之勢位莫盛焉震主已見上文率意無違欲莫順焉借使伊人頗覽天道知盡不可益盈難久持周易曰天道虧盈而益謙毛詩序曰太平之君子能持盈守成超然自引高揖而退司馬遷報任少卿書曰寧得自引深藏巖穴耶則巍巍之盛仰邈前賢洋洋之風俯冠來籍而大欲不乏於身至樂無愆乎舊節彌效而德彌廣身逾逸而名逾劭爾雅注曰劭美也此之不爲彼之必昧然後河海之跡堙爲窮流一簣之釁積成山岳論語曰譬如爲山未成一簣止吾止也名編凶頑之條身猒荼毒之痛豈不謬哉毛詩曰人之貪亂寧爲荼毒故聊賦焉庶使百世少有寤云

三月三日曲水詩序一首

風俗通曰周禮女巫掌歲時祓除疾病禊者絜也於水上盥絜也巳者祉也邪疾巳去祈介祉也韓詩曰三月桃花水之時鄭國之俗三月上巳於溱洧兩水之上執蘭招魂祓除不祥也續齊諧記曰晉武帝問尚書摯虞曰三月曲水其義何荅曰漢章帝時平原徐肇以三月初生三女至三日而俱亡一村以爲怪乃招携至水濵盥洗遂因水以泛觴曲水之義起於此帝曰若所談非好事尚書郎束晳曰仲治小生不足以知臣請說其始昔周公成洛邑因流水以泛酒故逸詩曰羽觴隨流波又秦昭王三日置酒河曲見有金人出奉水心劒曰令君制有西夏乃因其處立爲曲水二漢相沿皆爲盛集帝曰善賜金五十斤左遷仲治爲陽城令裴子野宋略曰文帝元嘉十一年三月丙申禊飲於樂遊苑且祖道江夏王義恭衡陽王義季有詔會者咸作詩詔太子中庶子顏延年作序

顔延年

夫方策既載皇王之迹已殊鍾石畢陳舞詠之情不一禮記哀公問政子曰文武之道布在方冊春秋說題辭曰尚書者二帝之跡三王之義所推期運明受命之際郭象莊子注曰皇王殊跡隨世爲名漢書曰石曰磬金曰鍾毛詩序曰永歌之不足不知手之舞之雖淵流遂往詳略異聞上林賦曰恐後代靡麗遂往而不反春秋序曰史有文質辭有詳略然其宅天衷立民極莫不崇尚其道神明其位東京賦曰豈如宅中而圖大呂氏春秋曰古之王者擇天之中而立國擇國之中而立宮周禮曰設官分職以爲民極周易曰聖人以神明其德拓土洛世貽統固萬葉而爲量者也魏志高堂隆上疏曰拓跡垂統必俟聖賢晉中興書詔桓玄曰蕃衛王家垂固萬葉有宋函夏帝圖引遠楊雄河東賦曰函夏之大漢書服虔曰函夏諸夏也孝經鉤命決曰丘乃授帝圖掇秘文高祖以聖武定

鼎規同造物宋高祖也左氏傳王孫滿謂楚子曰成王定鼎于郟鄏莊子孔子曰夫造物者爲人司馬彪曰造物者爲道皇上以叡文承歷景屬宸居皇上宋文帝也尚書曰叡哲文明又曰天之歷數在爾躬景光景連屬也典引曰高光二聖宸居其域蔡邕曰如北辰居其所而衆星拱之隆周之卜既永宗漢之兆在焉楊雄河東賦曰眡隆周之大寧左氏傳王孫滿曰成王定鼎於郟鄏卜世三十卜年七百漢書文紀曰兆得大橫占曰大橫庚庚余爲天王正體毓德於少陽王宰宣哲於元輔正體太子也喪服傳曰父爲長子三年傳曰何以三年長子正體於上周易曰蠱君子以振民毓德少陽東宮也鄭玄禮記注曰東郊少陽諸侯象也王宰巳見曲水詩毛詩曰宣哲維人文武惟后班固涿邪山文曰晄晄將軍大漢元輔晷緯昭應山瀆效靈說文曰晷日影也緯五星也易乾鑿度曰五緯順軌四時和栗山五嶽也瀆四瀆也效靈山出器車瀆出圖書之類五方雜遝徒合四隩來暨漢書曰京師五方雜錯尚書曰九州攸同四隩

既澤吴都賦曰都輦舿而四隩来暨選賢建戚則宅之於茂典施命發號必酌之於故實左氏傳士會曰楚君之舉也內姓選於親外姓選於舊又曰蔿敖爲宰擇楚國之令典尚書武王曰發號施令罔有不臧毛詩序曰能酌先祖之道以養天下國語楚穆仲謂宣王曰魯侯賦事行刑必問於遺訓而資於故實大予協樂上庠肆教東觀漢記孝明詔曰正大樂官曰大予樂官禮記曰有虞氏養國老於上庠章程明密品式周備漢書曰高祖命張蒼定章程謝承後漢書曰魏朗爲河内太守明密法令漢書曰宣帝樞機周密品式備具國容眡令而動軍政象物而具司馬法曰國容不入軍軍容不入國左氏傳曰士會曰蔿敖爲宰百官象物而動軍政不戒而備箴闕記言校文講藝之官采遺於内輶車朱軒懷荒振遠之使論德于外左氏傳魏絳曰昔周辛甲之爲太史也命百官箴王闕禮記曰言則右史書之西都賓曰啓發篇章校理秘文講論于六藝稽古於同異楊雄荅劉歆書

曰甞聞先代輶軒之使風俗通曰周秦常以八月輶軒
使采異代方言辨士論曰輶軒驟於南荒尚書大傳曰
未命爲士不得朱軒西征賦曰銜命則蘇屬國震遠則張博望赬莖素毳昌銳并柯共穗
之瑞史不絕書棧山航海踰沙軼漠之貢府無虛月頳莖
朱草也素毳白虎也并柯連理也共穗嘉禾也左氏傳
晉司馬叔侯曰魯之於晉也職貢不乏史不絕書府無
虛月如是可矣揚雄交州箴曰航海三萬東牽其犀軼余曰切烈燧千城通驛萬里穹
居之君内首稾朔卉服之酋回面受吏穹居之君匈奴也魏都賦曰思
稾正朔尚書曰島夷卉服劇秦美新曰海外遐方回首
内嚮尚漢書曰卬笮之君長欲願爲内臣妾請吏北面
是以異人慕響俊民間出班固漢書贊曰羣士慕嚮異人並出尚書曰俊民用章漢書
曰漢興詩書往往間出警蹕清夷表裏悅穆仲長子昌言曰姦慝既弭警蹕清夷將
徙縣中宇張樂岱郊言將徙都洛邑封禪泰山也莊子曰北門成問於黃帝曰帝張咸池

之樂於洞庭之野增類帝之宫飭禮神之館塗歌邑誦以望屬車之塵者久矣禮記曰天子將出征類于上帝類祭也西都賦曰禮神祇懷百靈司馬相如諫獵曰犯屬車之清塵曰躔直連胃維月軌青陸漢書曰日月初躔星之紀韋昭曰躔處也禮記曰季春之月日在胃王仲宣思征賦曰在建安之二八星步次於箕維漢書天文志曰月順入軌道河圖帝覽嬉曰立春春分月從東青道杜預左氏傳注曰陸道也皇祇發生之始后王布和之辰皇天神也祇地神也周禮曰大宗伯掌天神地祇之禮曹植九詠曰皇祇降兮潛靈舞爾雅曰春爲發生禮記曰后王命冢宰降德于衆兆人又曰孟春之月命相布德和令思對上靈之心以惠庶萌之願加以二王于邁出餞戒告二王巳見上文毛詩曰從公于邁韓詩章句曰送行飲酒曰餞燕禮曰小臣戒盥者鄭玄曰君以宴禮勞使臣則警戒告語焉有詔掌故爰命司歷封禪書曰宜命掌故左氏傳仲尼曰今火猶西流司歷過也獻洛飲之禮具上巳

之儀洛飲上巳並巳見上注南除輦道北清禁林左関巖隥都鄧右梁潮源略亭皐跨芝廛苑太液懷曾山上林賦曰輦道纚屬西都賓曰集禁林而屯聚難西蜀父老曰關沫若梁孫原穆天子傳曰天子東升于三道隥郭璞曰隥阪也上林賦曰亭皐千里靡不被築洛神賦曰稅駕乎衡皐秣駟乎芝田漢書有太液池松石峻垝古毀葱翠陰煙游泳之所攢萃翔驟之所往還於是離宮設衛別殿周徼音叫西都賓曰離宮別觀三十六所周以鉤陳之位衛以嚴更之署周廬千列徼道綺錯旌門洞立延帷接枑周禮曰王之會同爲帷宮設旌門楊雄蜀都賦曰延帷揚幕接帳連岡又周禮曰王之會同之舍設梐枑再重杜子春曰梐枑行馬也閡水環階引池分席歎逝賦曰閡水以成川春官聯事蓍靈奉塗然後昇秘駕胥緹徒兮騎搖玉鑾鸞發流吹言春官聯事以供職蓍靈奉塗以衛行也周禮有春官宗伯又曰以官府之六聯合邦治二曰賓客之聯事蓍靈青帝也尚書

帝命驗曰帝者承天立五府蒼曰靈府鄭玄曰蒼帝靈威仰之府續漢書曰緹騎二百人屬執金吾楚辭曰鳴玉鸞之啾啾兮淮南子曰龍舟鷁首浮吹以虞**天動神移淵旋雲被以降于行所禮也**羽獵賦曰天動地岋淮南子曰藏志九旋之淵蔡邕獨斷曰天子以天下為家自謂所居為行在所**既而帝暉臨幄百司定列鳳蓋俄軫虹旗委旆**俄軫委旆不行也東都主人曰鳳蓋棽麗楚辭曰回朕車俾西引搴虹旗於玉門**肴蔌芬藉觴醳**亦**泛浮**毛詩曰其肴維何炰鱉及魚其蔌維何維筍及蒲鄭玄禮記注曰醳酋酒也**妍歌妙舞之容銜組樹羽之器**古妍歌篇曰妍歌展妙聲發曲吐令辭邊讓章華賦曰妙舞麗於陽阿阮諶三禮圖曰筍虡兩頭並為龍以銜組曹植九詠曰雲龍兮銜組流羽兮交横毛詩曰設業設簴崇牙樹羽**三奏四上之調六莖九成之曲競氣繁聲合變爭節**韓子曰師曠奏清徵一奏有玄鶴二八來集再奏而列三奏延頸而鳴攄翼而舞馬融琴賦曰師曠三奏而神

物下楚辭曰四上競氣極聲變王逸曰四上謂代奏鄭衛也漢書曰顓頊作六莖尚書曰簫韶九成鳳皇來儀龍文飾轡青翰侍御班固西域傳贊曰蒲梢龍文魚目汗血之馬也說苑莊辛謂襄城君曰鄂君乘青翰之舟汎新波之中華裔夥至觀聽鶩集揚袂風山舉袖陰澤靚莊藻野袨服縟川籍田賦曰居靡都鄙民無華裔蜀都賦曰觀聽之所踊躍法言曰雷震揚天風薄于山上林賦曰靚莊刻飾鄒陽上書曰袨服叢臺之下者一旦成市說文曰縟繁彩色也故以夥隱賑外區煥衍都內者矣西京賦曰鄉邑夥賑張載劒閣銘曰矧茲狹隘王之外區王粲羽獵賦曰叢華雜沓煥衍陸離上膺萬壽下禔氏移百福毛詩曰報以介福萬壽無疆司馬相如難蜀文曰中外禔福毛詩曰介爾百福帀筵稟和闔堂依德情盤景遽歡洽日斜金駕騖摠駟四聖儀載佇悵鈞臺之未臨慨酆宮之不縣左氏傳曰楚子合諸侯於申椒舉言於楚子曰夏啓有鈞臺之享康

王有酆宮之朝方且排鳳闕以高遊開爵園而廣宴關中記曰建章圓闕臨北道銅鳳在上故號鳳闕鄴中記曰銅爵臺西有爵園並命在位展詩發志楚辭曰展詩兮會舞王逸曰展舒也周易曰有孚發若信以發志也則夫誦美有章陳信無愧者歟毛詩序曰頌者美盛德之形容左傳曰楚子木問趙孟曰范武子之德何如對曰祝史陳信於鬼神無愧辭

三月三日曲水詩序一首　王元長

蕭子顯齊書曰武帝永明九年三月三日幸芳林園禊飲朝臣勑王融爲序文藻富麗當代稱之

臣聞出豫爲象鈞天之樂張焉時乘既位御氣之駕翔焉周易豫卦曰先王作樂邦薦上帝史記曰趙簡子病二日而悟曰我之帝所甚樂與百神遊于鈞天廣樂九奏萬舞莊子曰北門成問於黃帝曰帝張咸池之樂於洞庭之野莊子曰乘天地之正而御六氣之辨穆天子傳曰天子命駕八駿之乘遂東南翔行馳千里郭璞曰行如飛翔也是以得一奉宸逍遥襄城之

域體元則大悵望姑射之阿然窅眇寂寥其獨適者已老子曰王侯得一而天下正尚書曰惟辟奉天宸與辰同巳見上文莊子曰黄帝將見大隗于具茨之山至襄城之野東都主人曰體元立制繼天而作論語子曰唯天爲大唯堯則之莊子曰堯治天下之民平海内之政往見四子藐姑射之山汾水之陽窅然喪其天下焉家語孔子曰聖人舉事可施於百姓非獨適一身之行至如夏后兩龍載驅璿臺之上穆滿八駿如舞瑶水之陰亦有饗云固不與萬民共也山海經曰大樂之野夏后啓於此舞九代馬乘兩龍毛詩曰載馳載驅周爰咨諏易歸藏曰昔者夏后啓筮享神於晉之墟作爲璿臺於水之陽穆滿八駿巳見江賦又穆天子傳曰天子北升太山之上以望四野乙丑天子觴西王母於瑶池之上毛詩曰執轡如組兩驂如舞孟子曰今王田獵於此百姓聞王車馬之音與羽毛之美父子不相見兄弟妻子離散此無佗不與民同樂也我大齊之握機創歷誕命建家接禮貳宫考庸太室蕭子顯齊書曰齊太祖高皇帝諱道成字紹伯

受宋禪尚書曰我文考文王誕膺天命又曰永建乃家孟子曰舜尚見帝帝館甥於貳室亦饗舜迭爲賓主是天子而友匹夫也趙歧曰尚上也舜在畎畝之時堯友禮之舜上見堯堯舍之於副宫堯亦就饗舜之所設更爲賓主尚書大傳曰維十月五祀舜爲賓客禹爲主人樂正進贊曰尚考太室之義唐爲虞賓鄭玄曰舜既使禹攝天下之事於祭祀避之居賓客之位獻酒則爲亞獻尚考猶言往時也太室明堂之中央室也義當爲儀儀禮儀也謂祭太室之禮堯爲舜賓也**幽明獻期雷風通饗昭華之珍既從延喜之玉攸歸**曾子夫子曰天道曰圓地道曰方方曰幽圓曰明禮記曰明則有禮樂幽則有鬼神太公伏符陰謀曰武王伐紂四海神河伯皆曰天伐殷立周謹來受命願獻時雨論語讖曰仲尼云吾聞堯率舜等遊首山觀河渚一老曰河圖將來告帝期尚書曰納于大麓烈風雷雨不迷尚書大傳曰舜將禪禹八風循通又曰堯得舜推而尊之贈以昭華之玉尚書璇璣玉鈐曰玄圭出刻曰延喜之玉**華宋受天保生萬國度**時洛**邑靜鹿丘之歎遷鼎息大坰之慙**周書武王曰膺

受大命革夥受天明命又曰我聞古商先王成湯保生商人又度邑篇曰維王克夥乃永歎曰嗚呼不淑充天之對自鹿至于丘中具明不寢帝王世紀曰湯即天子位遂遷九鼎于亳至大坰而有慙德周書丘或爲苑

紹清和於帝猷聯顯懿於王表駿發開其遠祥定爾固其洪業言以清和之德繼於大道楊子雲劇秦美新曰鏡淳粹之至精聆清和之正聲蔡邕月令論曰出北闈視帝猷法言曰昔在有熊高辛唐虞三代咸有顯懿故天因而瑞之爲神明主河圖曰成帝德者堯開王表者禹毛詩曰濬哲維商長發其祥又曰駿發爾私又曰天保定爾亦孔之固劇秦美新曰制作六經洪業

皇帝體膺上聖運鍾下武冠五行之秀氣邁三代之英風昭章雲漢暉麗日月牢籠天地彈壓山川設神理以景俗敷文化以柔遠澤普氾而無私法含引而不殺蕭子顯齊書曰世祖武皇帝諱賾字宣遠以太子即位墨子曰上聖立爲天子其次立爲三公毛詩序曰下武嗣文

也禮記曰人者五行之秀又孔子曰大道之行也三代之英丘未之逮而有志焉毛詩曰倬彼雲漢爲章于天譬猶天子爲法度於天下也周易曰聖人與日月合其明淮南子曰帝者體太一牢籠天地彈壓山川神理猶神道也周易曰聖人以神道設教而天下服劉義恭丹徒宮集曰昭化景俗方敎凝神廣雅曰景炤也尚書曰帝乃誕敷文德録圖曰女聞偃兵建文化尚書曰柔遠能邇淮南子曰覆露昭道普氾而無私周易曰含弘光大品物咸亨又曰古之聰明叡智神武而不殺者夫潛夫論曰簡刑薄威不殺不誅此德之上也

猶且具明廢寢昃晷忘餐念負重於春冰懷御奔於秋駕具明已見上文尚書曰文王自朝至于日中昃弗皇暇食鄧析子曰明君之御民若乘奔而無轡履冰而負重也尚書曰若蹈虎尾涉於春冰莊子曰尹儒學御三年而無所得夜夢受秋駕於明日往朝師師曰今將敎子以秋駕司馬彪曰秋駕法駕也

可謂巍巍弗與蕩蕩誰名秉靈圖而非泰涉孟門其何嶮論語子曰巍巍乎舜禹之有天下而不與焉又曰大哉堯之爲君蕩蕩乎民無

能名焉春秋漢含孳曰天子南面秉圖書成公綏大河賦曰靈圖授録於羲皇孟子曰以其道舜受堯之天下不以爲泰呂氏春秋曰舜修德而苗服孔子聞之曰通乎德之情則孟門太行不爲嶮矣儲后睿哲在躬妙善居質内積和順外發英華斧藻至德琢磨令範言炳丹青道潤金璧出龍樓而問豎入虎闈而齒冑愛敬盡於一人光耀究於四海蕭子顯齊書曰世祖立皇太子長楙漢書疏廣曰太子國儲副君尚書曰睿作聖明作哲禮記曰清明在躬柏子新論曰聖賢之材不世而妙善之技不傳禮記曰和順積中而英華外發法言曰吾未見斧藻其德若斧藻其楶者應劭漢官儀曰太子太傅日就月將琢磨玉質言太子有玉之質琢磨以道也法言或問聖人之言炳若丹青有諸曰丹青初則炳久則渝渝乎哉淮南子曰夫道潤乎草木浸乎金石毛詩曰如金如錫如珪如璧漢書成紀曰上嘗召太子出龍樓門禮記曰文王之爲太子朝於王季日三雞初鳴至寢門外問内豎曰今日安不何如周禮曰師氏以三德敎國子居虎門之左蔡邕明堂月令論曰周官有闈門之學禮記曰行一物而三善皆得者惟世子

而已其齒於學之謂也尚書曰夔典樂教冑子孝經曰愛敬盡於事親毛詩曰夙夜匪懈以事一人呂氏春秋曰愛敬盡於事親光耀加於百姓究於四海此天子之孝也

若夫族茂麟趾宗固盤石跨掩昌姬韜軼炎漢毛詩曰麟之趾振振公子漢書宋昌曰帝王子弟犬牙相制所謂盤石之宗春秋錄圖曰倉精萌姬稷之後昌東觀漢記序曰漢以炎精布耀或幽而光

元宰比肩於尚父中鈜繼踵乎周南分陝流勿翦之懽來仕允克施之譽莫不如珪如璋令聞令望朱芾斯皇室家君王者也元宰家宰也中鈜司徒也說苑晏子謂楚王曰齊之臨淄比肩繼踵毛詩曰惟師尚父周易曰鼎金鈜鄭玄曰金鈜喻明道能舉君之官職也鄭玄尚書注曰鼎三公象也毛詩序曰周南言化自北而南故繫之周公公羊傳曰自陝以西召公主之毛詩曰蔽芾甘棠勿翦勿伐召伯所茇國語曰秦后太子來仕其車千乘韋昭曰王仕於晉也班固漢書貢禹贊曰禹旣黄髮以德來仕尚書曰君陳克施有政毛詩曰如珪如璋令問令望又曰朱芾斯皇室家君王

本

枝之盛如此稽古之政如彼用能免羣生於湯火納百姓於休和草萊樂業守屏稱事毛詩曰文王孫子本枝百世尚書曰若稽古帝堯史記曰文帝時會天下新去湯火人人樂業左氏傳君子曰一人刑善百姓休和莊子曰農夫無草萊之事則不比禮記諸侯曰某土之守臣其在邊邑曰某屏尸子曰能官者必稱事引鏡皆明目臨池無洗耳沈冥之怨旣鈌邁軸之疾巳消譙周考史曰公孫述竊位於蜀蜀人任永乃託目盲及述誅永澡盥引鏡自照曰時清則目明也皇甫謐高士傳曰堯致天下讓許由巢父聞之以爲汙乃臨池水而洗耳漢書曰蜀嚴沈冥侯巴曰嚴君平常病不事沈冥而死亦絜矣毛詩曰考槃在陸碩人之軸考槃在阿碩人之邁鄭玄曰邁飢意軸病也謂賢人隱居而離困病也邁苦和切興廉舉孝歲時於外府署行議年日夕于中甸漢書曰詔執事與廉舉孝又詔曰有懿稱明德者遣詣相國府署行議年蘇林曰行狀年紀也尚書曰五百里甸服恊律揔章之司

厚倫正俗崇文成均之職導德齊禮漢書曰李延年爲協律都尉魏志曰明帝立揔章觀荀氏傳曰勗爲光禄大夫公以爲魏杜夔所制律吕檢校大樂揔章鼓吹八音與律吕乖毛詩序曰先王以是厚人倫美教化移風俗風俗通曰爲政之要辨風正俗最其上也魏志曰明帝置崇文觀徵善文者以充之周禮曰大司樂掌成均之法以教建國之學校而合國之子弟焉論語子曰導之以德齊之以禮

挈壺宣夜辯氣朔於靈臺書笏珥彤紀言事於仙室周禮夏官曰挈壺氏掌懸壺蔡邕天文志曰言天體者有三家其一曰宣夜鄭玄毛詩箋曰天子有靈臺者所以觀祲象察氣之妖祥左氏傳曰公既視朔遂登觀臺以望而書雲物禮記曰造受命於君則書於笏潘岳賈武公誄曰惟帝以公通揚祖宗延登東序服衮珥彤史記曰秦文公初有史以紀事禮記曰動則左史書之華嶠後漢書曰學者稱東觀爲老氏藏室道家蓬萊今故言仙室

褰帷斷裳危冠空履之吏

彯摇武猛扛鼎揭旗之士後漢賈琮爲冀州刺史車垂赤帷而行及至州自言曰刺

史當遠視廣聽糾察美惡何反垂帷裳以自掩塞乎乃命御者
褰之百城聞風自然震悚漢書曰蓋寬饒初拜爲司馬未出殿
斷其單衣令短離地說苑曰楚人長劒危冠而有子西
漢書曰唐遵以明經飾行顯名於世衣敝履穿又曰霍
去病每從大將軍受詔與壯士爲嫖姚校尉華嶠後漢
書曰丁白爲武猛校尉法言曰或問力能扛鴻鼎揭華
旗知德亦有之乎曰百人也　勤恤民隱糾逖王慝射集隼於高墉繳
大風於長隧不仁者遠惟道斯行　國語祭公謀父曰勤恤民隱而除其害左
氏傳曰王謂晉文侯曰以綏四方糾逖王慝周易曰公
用射隼于高墉之上淮南子曰堯之時大風爲害堯命
羿繳大風於青丘之澤許慎曰大風風伯也毛詩曰大
風有隧論語子夏曰舜有天下選於衆舉皐陶不仁者
遠矣禮記曰大道之行也　讒莠蔑聞攘爭掩息稀鳴桴於砥路鞠茂
草於圜扉　毛詩曰好言自口莠言自口尚書曰無或攘敓說文曰桴鼓柄也漢書曰張敞爲京兆尹
桴鼓稀鳴市無偷盜毛詩曰周道如砥其直如矢
又曰踧踧周道鞠爲茂草周禮曰以圜土教罷民　耆年

闞市井之游稚齒豐車馬之好宮鄰昭泰荒憬九永**清夷**

史記太史公曰文帝時百姓皆安自年六七十翁未嘗至市井游遨嬉戲如小兒狀閑居賦曰昆弟班白兒童稚齒杜氏幽求子曰年五歲聞有鳩車之樂七歲有竹馬之歡應劭漢官儀曰不制之臣相與比周比周者宮鄰金虎宮鄰金虎者言小人在位比周相進與君爲鄰堅若金讒言人惡若虎毛詩曰憬彼淮夷來獻其琛仲長子昌言曰警蹕清夷

侮食來王左言入侍離身反踵之君髽側麻**首貫鉤胷之長屈膝厥角請受纓縻**

漢書匈奴傳曰壯者食肥美老者食其餘貴壯健賤老弱也古本作晦食周書曰東越侮食尚書曰四夷來王楊雄蜀王本紀曰蜀之先名曰蠶叢柏濩魚鳬開明是時人民椎髻左言漢書曰南越王太子嬰齊入侍周書曰離身染齒之國以龍角神龜爲獻爾雅曰北方有比肩人焉迭食而迭望郭璞曰此即半體之人人各有一目一鼻孔一臂一脚亦猶魚鼠之相合爾呂氏春秋曰舜登爲天子大人反踵皆被其澤高誘淮南子注曰反踵國名其人南行迹北向也淮南子曰三

苗髽首山海經曰有貫胸國其人胸有竅括地圖曰禹平天下會于會稽之野又南經防風之神弩射之有迅雷二神恐以刃自貫其心禹哀之乃拔刃療以不死之草皆生是爲貫胸之民喻巴蜀文曰交臂受事屈膝請和孟子曰武王之伐殷百姓若崩厥角趙岐曰厥角叩頭以額角犀㧖地也漢書終軍曰願受長纓必羈南越王致之闕下難蜀父老曰蓋聞天子之收夷狄也其義羈縻勿絶而已文鉞碧砮之琛奇幹善芳之賦犳牛露犬之玩乘黃兹白之駟文鉞未詳一曰鉞當爲越杜篤展武論曰文越水震鄉風仰流徐廣晉紀曰鮮卑以碧石爲寶王沈魏書曰東夷矢用楛青石爲鏃孔安國尚書傳曰砮中矢鏃也家語孔子曰昔武王克商於是肅慎氏貢楛矢石砮其長尺有咫周書曰成王時貢奇幹善芳者頭若雄雞佩之令人不眛孔晁曰奇幹亦北狄善芳者鳥名不眛不忘也周書曰卜盧國獻犳牛犳牛小牛也又曰渠搜獻鼩犬鼩犬露犬也能飛食虎豹又曰白民乘黃乘黃者似狐其背有兩角又曰西方正北曰義渠獻兹白兹白者若馬鋸齒食虎豹盈衍儲邸充仞郊虞甗櫝相

尋鞮譯無曠儲邸猶府藏也郊虞掌山澤之官也尚書曰苞匭菁茅匭音軌聘禮曰賈人啓櫝取圭垂繅而受宰晉中興書王禹上言曰貢篚相尋連舟載路周官曰鞮鞻氏掌四夷之樂禮記曰西方曰狄鞮北方曰譯尚書大傳曰成王時越裳氏重九譯而獻白雉一尉候於西東合車書於南北暢轂埋轔轔之轍綏而惟旍卷悠悠之旆楊雄解嘲曰東南一尉西北一候禮記曰書同文車同軌毛詩曰文茵暢轂范曄後漢書曰張綱埋其車輪於洛陽都亭毛詩曰有車轔轔禮記曰武車綏旌魏都賦曰虹旌攝麾以就卷毛詩曰悠悠旆旌四方無拂五戎不距偃革辭軒銷金罷刃周書曰四方無拂奄有天下又曰五戎不距加用師旅漢書張良曰昔武王伐郣紂事巳畢偃革爲軒陳琳應機曰冶刃銷鋒偃武行德天瑞降地符升澤馬來器車出紫脫華朱英秀佞枝植歷草孳詩緯曰天下和同天瑞降地符升孝經援神契曰德至山陵則澤出神馬禮記曰山出器車禮斗威儀曰人君乘土而王其政太平而遠方神獻其朱英紫脫

宋均注曰紫脫北方之物上值紫宮凡言常生者不死也死則主當之尚書大傳曰德先地序則朱草生瑞應圖曰朱草亦曰朱英田俅子曰黃帝時有草生於帝庭階若佞臣入朝則草指之名曰屈軼是以佞人不敢進也又曰堯爲天子蓂莢生於庭爲帝成歷尚書帝命驗曰舜受命蓂莢孳

雲潤星暉風揚月至江海呈象龜龍載文

京房易飛候曰青雲潤澤蔽日在西北爲舉賢良禮斗威儀曰君乘土其政平則鎮星黃而多暉禮含文嘉曰朋友有舊內外有差則箕爲之直月至風揚宋均曰月至月行以度至也禮斗威儀曰其君乘水而王江海著其象龜龍被文而見宋均曰龜龍水物也文青黃白赤黑也具有此色見於水故曰被

方握河沈璧封山紀石邁三五而不追踐八九之遙迹

帝王世紀曰堯與羣臣沈璧於河乃爲握河記今尚書候是也孝經鈎命決曰封于太山考績燔柴禪于梁父刻石紀號禮記逸禮曰三皇禪云云五帝禪亭亭史記楚子西曰孔子上述三五之法明周召之業八九謂七十二君曹植魏德論曰越八九於往素踵黃帝之靈矩

功既成矣世

既貞矣，信可以優游暇豫、作樂崇德者歟。禮記曰：王者功成作樂。老子曰：王侯得一以爲天下貞。曹植魏德論曰：帝猷成矣，股肱貞矣。尚書大傳曰：周公作樂，優游三年。孫子兵法曰：人效死而上能用之，雖優游暇譽，令猶行也。譽猶豫，古字通。周易曰：先王作樂崇德。于時青鳥司開，條風發歲，粵上斯巳，惟暮之春。左氏傳郯子曰：青鳥氏，司啓者也。易通卦驗曰：立春條風至。楚辭曰：獻歲發春，汨吾南行。上巳，巳見上文。毛詩曰：嗟嗟保介，惟暮之春。同律克和，樹草自樂，禊飲之日在茲，風舞之情咸蕩。去肅表乎時訓，行慶動於天矚。周禮曰：太師掌六律六同，以合陰陽之聲。鄭玄曰：同，陰律也。尚書曰：八音克諧。孔安國曰：諧，和也。漢書文帝詔曰：方春和時，草木羣生之物皆有以自樂。禮傳曰：禊者，絜也。仲春之時，於水上釁絜也。論語曰：風乎舞雩，詠而歸。蔡邕月令章句曰：秋冬肅急之後，故布生德，和政令，去肅急。禮記曰：孟春之月，命相布德和令，行慶施惠。載懷平圃，乃睠芳林。芳林園者福地奧區之湊丹陵若水之舊郱郱上均乎姚澤膴膴尚於周原狹豐邑之未宏陋譙居之猶褊山海經曰槐江之山實惟帝之平圃南望崑崙十洲記曰芳林園在青溪菰首橋東齊高帝舊宅齊有天子爲舊宮宮東築山鑿池號曰芳林園遁甲開山圖曰驪山之西原有阜名曰風涼雍州之福地西京賦曰寔惟地之奥區神皐帝王世紀曰堯生於丹陵呂氏春秋曰顓頊生於若水乃登爲帝又曰舜陶於河濵釣於雷澤登爲天子賢士歸之萬人譽之陳陳郱郱無不戴悅高誘曰郱盛也呂氏春秋曰舜爲天子輙輙敀敀莫不戴悅高誘曰敀敀動而喜貌也郱郱或爲敀敀故兩引之輙知葉切敀仕勤切帝王世紀曰瞽叟之妻曰握登生舜於姚墟故姓姚氏堯求賢而四嶽薦舜堯乃命于順澤之陽毛詩曰周原膴膴菫荼如飴漢高祖豐人魏太祖譙人求中和而經處揆景緯以裁基飛觀神行虛檐臨雲構周禮曰以土圭之法正日影日至之影尺有五寸謂之地中陰陽之所和故曰中和也景日也緯星也毛詩曰定之方中作爲楚宮

揆之以日作爲楚室東京賦曰飛閣神行莫我能形劉公幹詩曰大夏雲構**離房乍設層樓閒起覓朝陽而抗殿跨靈沼而浮榮鏡文虹於綺疏浸蘭泉於玉砌**蜀都賦曰百室離房李尤平樂館銘曰層樓通閣禁闈洞房爾雅曰山東曰朝陽西京賦曰䟽龍首以抗殿狀巍峩以嶪岌毛詩曰王在靈沼鄭玄禮記注曰榮屋翼也傅玄陽春賦曰丹霞播景文虹竟天李尤東觀銘曰房闥内布綺疏外陳張衡七辨曰迴飈拂其寮蘭泉注其庭劉楨魯都賦曰金陛玉砌兮桂雲阿**幽幽叢薄秩秩斯干曲拂邅迴潺湲徑復**楚辭曰叢薄深林人上慄毛詩曰秩秩斯干幽幽南山淮南子曰曲拂邅迴以像偶語高誘曰拂戾邅迴水流也楚辭曰川谷徑復流潺湲**新荓泛沚華桐發岫雜夭采於柔荑亂嚶聲於緜羽**禮記月令曰季春之月桐始華荓始生爾雅曰小洲曰沚山有穴爲岫毛詩曰桃之夭夭灼灼其華又曰手如柔荑又曰鳥鳴嚶嚶又曰緜蠻黃鳥薛君注曰緜蠻文貌**禁軒承幸清宮俟**

宴緹帷宿置帟幕宵懸如淳漢書注曰省中本爲禁中然乘輿之物通呼曰禁漢書曰太僕先清宮南都賦曰朱帷連綱鄭司農周禮注曰在旁曰帷在上曰幕鄭玄曰帟在幕若幄中坐上承塵也皆以繒爲之既而滅宿澄霞登光辨色式道執殳展軨效駕徐鑾警節明鍾暢音宿列宿也張平子東京賦曰以須消啓明掃朝霞登天光於扶桑禮記曰朝辨色始入漢書曰式道左右中候也毛詩曰伯也執殳禮記曰君車已駕則僕展軨效駕鄭玄曰展軨具視也效駕白已駕也淳于髡斗酒說曰明鍾擊磬調歌紼舞七萃連鑣九斿由齊軌建旗拂霓揚葭振木周穆王傳曰天子賜七萃之士郭璞曰萃聚也猶傳有七輿大夫張景陽七命曰駟馬連鑣文穎曰甘泉鹵簿天子出道車五乘斿車九乘蔡邕釋誨曰羣車方奔于險路安能與之齊軌東京賦曰龍輅充庭雲旗拂霓列子曰秦青撫節悲歌聲振林木魚甲煙聚貝冑星羅重英曲瑵側絞之飾絶景遺風之騎昭灼甄部駔祖朗駿

函列虎視龍超雷駭電逝轟轟隱隱紛紛軫軫羌難得而稱計孫卿子曰楚鮫革犀兕以爲甲堅如金石毛詩曰公徒三萬貝冑朱綅又曰二矛重英西京賦曰葩瑵曲莖魏書曰上所乘馬名絶景爲矢所中呂氏春秋曰故湏青龍之匹遺風之乘孫子兵法曰長陳爲甄魏都賦曰奠馬填廐而駔駿周易曰虎視眈眈南都賦曰馬鹿超而龍驤潘岳閑居賦曰礉石雷駭嵇康贈秀才詩曰風馳電逝說文曰轟轟羣車聲也羽獵賦曰隱隱軫軫被陵緣坂莫莫紛紛山谷爲之風飈左思吳都賦曰羌難得而覼縷爾乃迴輿駐罕嶽鎮淵渟睟邃容有穆賔儀式序授几肆筵因流波而成次蕙肴芳醴任激水而推移東觀漢記曰天子行有畢罕孫子兵法曰其鎮如山其渟如淵石崇楚妃歎曰矯矯莊王淵渟嶽峙孟子曰君子所性仁義禮智根於心其生色也睟然見於面趙岐曰睟潤澤貌也毛詩曰天子穆穆又曰序賔以賢又曰式序在位又曰或肆之筵或授之几古逸詩云羽觴隨流波楚辭曰蕙肴蒸兮蘭藉子虛賦曰涌泉清池

激水推移葆佾陳階金匏在席戚奏翹舞籥動郊詩張晏漢書注曰以翠羽爲葆也佾舞行列也毛詩曰我姑酌彼金罍禮記曰器用陶匏司馬彪續漢書曰執干戚舞雲翹周禮曰籥章掌土鼓豳籥又曰仲春擊土鼓歌豳詩以迎暑也召鳴鳥于弇菴州追伶倫於嶰谷發參差於王子傳妙㦂於帝江山海經曰弇州之山五采之鳥名曰鳴鳥爰有百樂歌舞之風漢書黃帝使伶倫自大夏之西崑崙之陰取竹嶰谷斷兩節閒而吹之以爲黃鍾之宮孟康曰解脫也谷竹溝也取竹之脫無溝節者楚辭曰望夫君兮未來吹參差兮誰思列仙傳曰王子喬好吹笙作鳳鳴山海經曰天山有神鳥其狀如黃囊其文丹六足四翼渾沌無面目是識歌舞寔惟帝江正歌有闋羽觴無筭上陳景福之賜下獻南山之壽信凱讌之在藻知和樂於食苹桑榆之陰不居草露之滋方渥儀禮曰工告于樂正曰正歌備禮記曰有司告以樂闋鄭玄曰闋終也楚辭曰瑤漿蜜勺實羽觴燕禮曰

無筭之爵毛詩曰君子萬年介爾景福又曰如南山之壽不騫不崩又曰魚在在藻有莘其尾王在在鎬飲酒樂愷毛詩序曰鹿鳴廢則和樂缺詩曰呦呦鹿鳴食野之苹桑榆日所入也東觀漢記光武曰失之東隅收之桑榆毛詩曰湛湛露斯在彼豐草有詔曰今日嘉會咸可賦詩周易曰嘉會足以合禮揚雄蜀都賦曰吉日嘉會凡四十有五人其辭云爾

王文憲集序一首

任彥昇

公諱儉字仲寶琅邪臨沂魚依人也蕭子顯齊書曰王儉字仲寶其先自秦至宋國史家諜待協詳焉琅邪王氏錄曰王氏之先出自周王子晉秦有王翦王離世爲名將七略曰子雲家諜言以甘露元年生也晉中興以來六世名德海內冠冕晉中興書曰王祥弟覽生導導生洽洽生珣珣生曇首沈約宋書曰王僧綽曇首長子遇害子儉嗣晉中興書庾冰疏曰臣因家寵冠冕當世古語云仁人之利天道運行左氏

傳君子曰仁人之言其利博哉莊子曰天道運行而無所積故萬物成故呂虔歸其佩刀郭
璞誓以淮水晉中興書曰魏徐州刺史任城呂虔有刀工相之爲三公可服此刀虔謂别駕王祥曰苟
非其人乃或爲害卿有公輔之量故以此相與及祥死之日以刀授弟覽曰吾兒凡汝後必興之足稱此刀故以相
與王氏家譜曰初王導渡淮使郭璞筮之卦成璞曰吉無不利淮水絕王氏滅若離翦之止殺吉
駿之誠感蓋有助焉史記曰王翦者頻陽人也事秦始皇使翦將兵而攻趙閼與破之後遂拔
趙陳勝之反秦秦使王翦之孫王離擊趙王孔安國尚書傳曰以殺止殺終無犯者漢書曰王吉字子陽琅邪人也
爲諫議大夫子駿亦爲諫議大夫超遷御史大夫吉居長安其東家有大棗樹垂吉庭中吉婦取棗以啖吉吉後知
之乃去婦東家聞而欲伐其樹鄰里固請吉令還婦子駿元帝時爲御史大夫妻死不復娶漢書張賀贊曰賀
之陰德亦有助云公之生也誕授命世體三才之茂踐得二之
機周易曰有天道焉有地道焉兼三才而兩之又子曰知幾其神乎顏氏之子其殆庶幾乎有不善未嘗不知知

而未嘗復行韓康伯曰在理則昧造形則悟顏子之分也失之於幾故有不善得之於二不遠而復故知之未嘗復行也信乃昴宿垂芒德精降祉春秋佐助期曰漢相蕭何昴星精垂芒謂發秀也精星也異苑曰汝南陳仲弓從諸息姪詣潁川荀季和父子于時德星爲之聚太史奏五百里內必有賢人集焉有一于此蔚爲帝師漢書曰張良從容步游下邳圯上有一老父出一編書曰讀是則爲王者師況乃淵角殊祥山庭異表論語撰考讖曰顏回有角額似月形淵水也月是水積故名淵摘輔像曰子貢山庭斗繞口謂面有三庭言山在中鼻高有異相也故子貢至孝顏回至仁也望衢罕窺其術觀海莫際其瀾孟子曰觀海有術必觀其瀾趙歧曰瀾水中大波也宏覽載籍博游才義若乃金版玉匱之書海上名山之旨七略曰太公金版玉匱雖近世之文然多善者抱朴子曰鄭君有玉匱記金版經范曄後漢書曰荀爽遭黨錮隱於海上又遁漢濱以著述爲事題爲新書凡百餘篇司馬遷書曰僕誠著此書藏諸名山沈鬱澹

雅之思離堅合異之談楊雄爲方言劉歆與雄書曰非子雲澹雅之才沈鬱之志不能
成此書莊子公孫龍問於魏牟曰龍少學先王之道長
明仁義之行合同異離堅白呂氏春秋曰相劒者曰白
所以爲堅也黃所以爲紉也黃白雜則堅且紉良劒也
難者曰黃白雜則不堅且不紉又柔則錈堅則折劒折
且錈焉得爲利劒也莫不揔制清衷遞爲心極斯固通人之所包
非虛明之絕境不可窮者其唯神用者乎言金版玉匱之書無不制
在情衷爲心之極斯故通人君子或能兼而包之故非
王公之絕境也然其不可窮而盡者其唯有神用乎言
難測也衷中心也虛明亦心也然檢鏡所歸人倫以表雲屋天構匠者
何自咸洛不守憲章中輟劉琨勸進表曰仍承西朝不守禮記曰仲尼憲章文武
賀生達禮之宗蔡公儒林之亞晉中興書曰賀循字彥先博覽羣書尤明三禮
爲江東儒宗御拜博士又曰諸葛恢字道明時潁川荀
顗字道明陳留蔡謨字道明俱有名譽號曰中興三明

時人爲之歌曰京都三明各有名蔡氏儒雅荀葛清闕典未補大備玆日劇秦美新曰帝

典闕而不補至若齒危髮秀之老含經味道之生鄭玄禮記注曰危高

也然齒危謂高年也髮秀猶秀眉也東觀漢記杜詩謂功曹郭丹曰令功曹稽古含經可謂至德栢譚荅楊雄

書曰子雲勤味道腴莫不北面人宗自同資敬漢書曰于定國爲廷尉乃迎學春秋

身執經北面備弟子禮孝經曰資於事父以事母而敬同性託夷遠少屏塵雜自非

可以引獎風流增益標勝未嘗留心晉鑿齒晉陽秋曰王夷甫樂廣俱

以宅心事外名重於時故天下之言風流者稱王樂焉朞歲而孤叔父司空簡穆

公早所器異蕭子顯齊書曰王僧虔兄僧綽之子儉又曰世祖即位遷僧虔爲侍中薨贈司空侍

中如故謚簡穆公年始志學家門禮訓皆折衷丁仲於公論語子曰吾十

有五而志于學羽獵賦序曰不折衷于泉臺孝友之性豈伊橋梓夷雅之體

無待韋弦毛詩曰張仲孝友尚書大傳曰伯禽與康叔朝於成王見于周公三見而三笞之康叔有駭色乃與伯禽問於商子曰吾二子見於周公三見而三笞何也商子曰南山之陽有木名橋北山之陰有木名梓二子盍往觀焉於是二子如其言而往觀之見橋木高而仰見梓木實而俯反以告商子商子曰橋者父道也梓者子道也二子明日復見入門而趨登堂而跪周公迎拂其首而勞之曰汝安見君子乎二子以實對公曰君子哉商子也言王公有孝友之性自天而成豈惟見橋梓而知也夷平也體性也韋皮繩喻緩也弦弓弦喻急也孫子曰由禮則雅不由禮則夷韓子曰西門豹之性急故佩韋以自緩董安于之心緩故佩弦以自急言王公平雅之性無待此韋弦以成也蓋自天性得中也汝郁之幼挺淳至黃琬之早標聰察曾何足尚東觀漢記曰汝郁字幼異陳國人年五歲母被病不能飲食郁常抱持啼泣亦不肯飲食母憐之強爲餐飯欺言已愈郁察母顏色不平輒復不食宗親共奇異之因字幼異挺拔也淳至謂淳孝之甚至也范曄後漢書曰黃琬字公琰少失父母而辨慧祖父瓊育之瓊初爲魏郡太守建和元年正月日蝕京

師不見而瓊以狀聞梁太后詔問所蝕多少瓊思其對
而未知所出琬年七歲在傍曰何不言日蝕之餘如月
之初瓊大驚即以其言應詔標立也言此二
子淳孝聰察比之王公則二子曾何足尚也年六歲襲
封豫寧侯拜日家人以公尚幼弗之先告既襲珪組對
揚王命因便感咽若不自勝蕭子顯齊書曰儉數歲襲
爵豫寧侯拜受茅土流涕
嗚咽江表傳曰潘濬見孫權
涕泣交橫哀咽不能自勝初宋明帝居蕃與公母武
康公主素不協及即位有詔廢毀舊塋投棄棺柩公以
死固請誓不遵奉表啓酸切義感人神太宗聞而悲之
遂無以奪也太宗宋明帝也蕭子顯齊書曰宋明帝以
儉嫡母武康公主同太初巫蠱事不可以
爲婦姑欲開冢離瘞儉因人
自陳密以死請故事不行初拜秘書郎遷太子舍人
以選尚公主拜駙馬都尉吳均齊春秋曰宋明帝太始
中儉尚陽羨公主拜駙馬都

尉爲秘書郎太子舍人元徽初遷秘書丞沈約宋書曰蒼梧王敗年曰元徽吴均齊春秋曰儉超遷秘書丞於是采公曾之中經刊弘度之四部蕭子顯齊書曰儉又撰定元徽四部書目王隱晉書曰荀勗字公曾領秘書監與中書令張華依劉向别録整理錯亂又得汲冢竹書身自撰次以爲中經臧滎緒晉書曰李充字弘度爲著作郎于時典籍混亂删除煩重以類相從分爲四部甚有條貫秘閣以爲永制五經爲甲部史記爲乙部諸子爲丙部詩賦爲丁部依劉歆七略更撰七志蕭子顯齊書曰秘書丞上表求校墳籍撰七志四十卷上表獻之漢書曰劉歆總羣書而奏其七略故有輯略有六藝略有諸子略有詩賦略有兵書略有術數略有方技略蓋嘗賦詩云稷契匡虞夏伊吕翼商周自是始有應務之跡生民屬心矣時司徒袁粲有高世之度脱落塵俗沈約宋書曰袁粲字景倩順帝即位遷中書監司徒侍中袁喬與褚左軍解交書曰雖欲虚詠濠肆脱落儀制其能得乎見公弱

齡便望風推服歎曰衣冠禮樂在是矣吳均齊春秋曰儉精神秀徹體識聰異司徒袁粲見之歎曰宰相之門也栝栢豫章雖小已有棟梁之氣矣時粲位亞台司公年始弱冠春秋漢含孳曰三公象五嶽在天法三能台與能同禮記曰人生二十曰弱冠年勢不侔公與之抗禮漢書婁敬曰今欲比隆成康之時臣竊以不侔矣又曰將軍衛青位既益尊然汲黯與抗禮因贈粲詩要以歲暮之期申以止足之戒韓詩曰蟋蟀在堂歲聿其暮薛君曰暮晚也言君之年歲已晚也老子曰知足不辱知止不殆粲荅詩曰老夫亦何寄之子照清襟服闋拜司徒右長史儉遭所生母憂服闋也司徒袁粲也出爲義興太守風化之美奏課爲最漢書曰倪寬爲司農都尉大司農奏課聯最韋昭曰聯得第一也還除給事黃門侍郎旬日遷尚書吏部郎參選昔毛玠之公清李重之識會兼之

者公也魏志曰毛玠字孝先陳留人也少爲縣吏以公清稱魏國初建以玠爲尚書僕射復典選舉傳暢晉諸公讚曰王戎爲選官時李重李毅二人操異俱處要職戎以識會待之各得其所玠音介俄遷侍中以愍侯始終之職固辭不拜蕭子顯齊書曰升明二年儉遷長史兼侍中以父終此職固讓沈約宋書曰王僧綽遷侍中二凶巫蠱事泄上召僧綽具言之劭於宫夜饗將士僧綽密以啓聞頊之劭亂檢太祖巾箱得僧綽所啓饗士并廢諸王事乃收害焉世祖贈散騎常侍金紫謚愍侯補太尉右長史蕭子顯齊書曰進太祖太尉也時聖武定業肇基王命聖武謂齊高帝也干寶晉武革命論曰高光爭伐定功業也尚書曰至于太王肇基王迹寤寐風雲實資人傑毛詩曰寤寐思服毛萇曰服思之也周易曰雲從龍風從虎聖人作而萬物覩漢書高祖曰夫運籌於帷幄之中決勝千里之外吾不如子房鎮國家撫百姓給餉饋不絶粮道吾不如蕭何連百萬之衆戰必勝攻必取吾不如韓信三者皆人傑吾能用之是以宸居膺列宿之表圖緯

著王佐之符若漢高祖之膺五星李通之著赤伏宸居巳見上文班固漢書贊曰劉向稱董仲舒有王佐之才俄遷左長史齊臺初建蕭子顯齊書曰進太祖位相國爲齊公也以公爲尚書右僕射領吏部時年二十八宋末艱虞百王澆季班固漢書贊曰漢承百王之弊禮紊舊宗樂傾恒軌自朝章國紀典彛備物奏議符策文辭表記素意所不蓄前古所未行皆取定俄頃神無滯用太祖受命太祖謂齊高祖也以佐命之功封南昌縣開國公食邑二千戸建元二年遷尚書左僕射領選如故自營部分司盧欽兼掌譽望所歸允集茲曰應劭漢官儀曰獻帝建始四年始置左右僕射以執金吾營部爲左僕射衛臻爲右僕射令以策劭爲營部誤也營役瓊切部烏合切虞預晉書曰盧欽少好學爲尚書僕射領吏部欽清實選舉稱爲廉平

尋表解選詔加侍中又授太子詹事侍中僕射如故固辭侍中改授散騎常侍餘如故太祖崩遺詔以公爲侍中尚書令鎮國將軍永明元年進號衛將軍二年以本官領丹陽尹本官謂侍中尚書令六輔殊風五方異俗漢書曰兒寛遷左內史表奏開六輔渠韋昭注曰六輔謂京兆馮翊扶風河東河南河內五方已見上文公不謀聲訓而楚夏移情楊雄與桓譚書曰望風景附聲訓自結史記曰淮南沛陳汝南郡此西楚也潁川南陽夏人之居也故至今謂之夏故能使解劒拜仇歸田息訟謝承後漢書曰許荆字子張吳郡人兄子世嘗報讎殺人其讎操兵欲殺世荆與相遇乃解劒長跪曰今願身代世死仇讎者曰許掾郡中稱君爲賢何敢相侵遂解劒而去漢書曰韓延壽爲東郡太守春因行縣至高陵人有昆弟相與訟田延壽乃自悔責閉閤不出於是訟者宗族傳相責讓此兩昆弟深自悔皆自髠肉袒謝願以田相移終不敢復爭延壽乃起聽事

前郡尹温太真劉真長或功銘鼎彝或德標素尚王隱晉書曰温嶠字太真太原人也爲郡尹後平蘇峻之亂臧榮緒晉書曰劉惔字真長沛國人也爲丹陽尹性重莊老禮記曰鼎有銘銘者論譔其先祖之德美功烈勳勞而酌之祭器左氏傳臧武仲曰大伐小取其所得以作彝器銘其功以示子孫孔欣猛虎行曰飢不食邪蒿萊倦不息無終里邪蒿乖素尚無終喪若始臭味風雲千載無爽言其感應千載不差也左氏傳季武子謂晉范宣子曰今譬於草木寡君之臭味也楚辭曰虎嘯而谷風至龍舉而景雲從言物類之相感也王逸曰虎陽物也谷風陽氣也言虎悲嘯而吟則谷風至而應其類龍介蟲陰物也景雲亦陰也言神龍將舉升天則景雲覆而扶之輔其類也親加弔祭表薦孤遺遠協神期用彰世祀左氏傳史趙曰盛德必百世祀時簡穆公薨以撫養之恩特深恒慕表求解職有詔不許蕭子顯齊書曰儉父僧綽遇害爲叔父僧虔所養國學初興華夷慕義經師

人表允資望實漢書平帝詔曰校書置經師一人任
昉雜傳魏德公謂郭林宗曰經師易
獲人師難遭何法盛晋中興書曰王安期爲東海王
越記室叅軍㓜子眦曰王叅軍人倫之表汝其師之
復以本官領國子祭酒三年解丹陽尹領太子少
傅餘悉如故挂服捐駒前良取則卧轍棄子後予胥
怨挂服未詳王隱晋書曰王遜字劭伯爲上洛太守
遜在郡有私馬生駒私牛生犢悉留以付郡去是
爲郡所產以還官也三輔決録曰長安劉氏唯有孟
公談者取則范曄後漢書曰侯霸字君仲爲臨淮太
守王莽敗霸卒全一郡更始元年遣使徵霸百姓號哭
遮使者車或當道而卧皆曰願乞侯君復留朞年百姓
乃戒其乳婦棄其孩子侯君當去必不能全也尚書曰
湯初征自葛東征西夷怨南征北狄怨曰奚獨後予言
儉解丹陽尹百
姓亦如此戀之皇太子不矜天姿俯同人範師友之義
穆若金蘭蜀志曰諸葛亮與杜微書曰今年始十八天
姿仁敏愛德下士説苑曰燕昭王問於郭隗

曰寡人地狹人寡齊人削取八城宗廟恐危社稷存之有道乎郭隗曰帝者之臣其實師也王者之臣其實友也王誠能與隗請爲天下之士開路周易曰二人同心其利斷金同心之言其臭如蘭又領本州大中正頃之解職四年以本號開府儀同三司餘悉如故本號衛將軍也謙光愈遠大典未申謂辭儀同三司也周易曰謙尊而光卑而不可踰君子之終也六年又申前命儀同三司之命七年固辭選任帝所重違選任尚書令也謝承後漢書曰楊賜讓還侯爵朝廷重違其志也詔加中書監猶叅掌選事長輿追專車之恨公曾甘鳳池之失言昔者任非其人或專車而獨坐或發志於見奪今儉有德故專車者追恨奪之者甘心臧榮緒晉書曰和嶠爲黃門侍郎遷中書令舊監令共車入朝及嶠爲令荀勗爲監嶠不禮勗常以意氣加之每同乘高抗專車而坐乃使監令異車自嶠始也晉中興書曰荀勗字公曾從中書監爲尚書令人賀之乃發恚云奪我鳳皇池卿諸人賀我邪夫

奔競之塗有自來矣晉諸公讚曰傅宣定九品秉詮劉疇代之悉改宣法於是人人望品求者奔競以難知之性協易失之情桓子新論曰凡人性難極也難知也故其絕異者常爲世俗所遺失焉必使無訟事深引誘論語子曰聽訟吾猶人也必也使無訟乎公提衡惟允一紀于茲漢書曰衡平也所以平輕重也言選曹以材授官似衡之平物故取以喻焉韓子曰貴賤不相踰愚智提衡而立孫綽王蒙誄曰提衡左府舉直闕邪孔安國尚書傳曰十二年曰紀拔奇取異興微繼絕王隱晉書羊祜曰吾不能取異於屠釣拔奇於版築豈不愧知人之難哉興微即興滅也論語子曰興滅國繼絕世望側階而容賢候景風而式典燕丹太子曰田光見太子太子側階而迎家語孔子謂魯哀公曰衛有士曰慶足者國有大事則必赴而治之國無事則退而容賢靈公悅而敬之王肅曰言其所以退欲以容賢於朝也淮南子曰景風至施爵祿賞有功春秋三十有八七年五月三日薨于建康宮舍皇

朝軫慟儲鈇傷情漢書疏廣曰太子國儲副君周易曰鼎金鉉鄭玄尚書注曰鼎三公象也有識銜悲行路掩泣說苑雍門周說孟嘗君曰有識之士莫不爲足下寒心酸鼻論衡曰行路之人皆能論之豈直舂者不相工女寢機而已哉史記趙良謂商鞅曰五羖大夫死秦國男女流涕童子不歌謡舂者不相杵劉紹聖賢本紀曰子産治鄭二十年卒國人哭於巷婦人哭於機故以痛深衣冠悲纏教義豈非功深砥礪道邁舟航尚書高宗曰若金用汝作礪若濟巨川用汝作舟檝没世遺愛古之益友左氏傳曰子産卒仲尼聞之出涕曰古之遺愛也班固漢書贊曰劉向指明梓柱以推廢興豈非直諒多聞古之益友與追贈太尉侍中中書監如故給節加羽葆鼓吹增班劒六十人漢官儀曰班劒者以虎皮飾之謚曰文憲禮也謚法曰忠信接禮曰文博文多能曰憲公在物斯厚居身以約玩好絶於耳目布素表於

造次齊春秋曰儉不好聲色未嘗遊宴衣裘服用自周
而已周禮曰凡式貢之餘財以供玩好之用尚書
曰弗役耳目則百度惟貞室無姬姜門多長者左氏傳
論語子曰造次必於是君子曰
詩曰雖有姬姜無弃憔悴漢書曰陳立言必雅未嘗顯
平少時家貧然門外多長者車轍
其所長孝經援神契曰矜莊嚴栗出言必雅孫資別傳
曰朝臣會議資奏是非撰善者推而成之終不
顯己持論從容未嘗言人所短風俗通曰太尉范滂辨
之德於持論謝承後漢書曰
亘夏勤從容議論吳志曰是儀
時時有所進未嘗言人之短引長風流許與氣類檀道
陽秋曰謝安爲桓溫司馬不存小察盡引長之風鸞晉
流已見上文謝承後漢書曰桓礹邴訾氣類經緯士人風
雖單門後進必加善誘三輔決錄曰王豹出自單勗以
門論語曰夫子善誘人
丹霄之價引以青冥之期鍾會集言程盛曰丹公銓品
霄之鳳青冥之龍
人倫各盡其用廣雅曰稱謂之銓聲居厚者不矜其多
類曰銓所以稱物也

憂薄者不怨其少老子曰前識者道之華而愚之始是以大丈夫處厚不處薄窮涯而反盈量知歸莊子市南子曰君涉於江南而浮於四海望之而不見其涯愈往而不知其所窮送君者皆自涯而反皇朝以治定制禮功成作樂禮記曰王者功成作樂治定制禮思我民譽緝熙帝圖左氏傳曰晉悼公即位六官之長皆民譽也毛詩曰維清緝熙文王之典帝圖已見上文雖張曹爭論於漢朝荀摯至競爽於晉世東觀漢記曰張酺拜太尉章帝詔射聲校尉曹褒案漢舊儀制漢禮酺以爲褒制禮非禎祥之特達有似異端之術上疏曰褒不被刑誅無以絶毀實亂道之路臧榮緒晉書曰太尉荀顗先受太祖勑述新禮太康初尚書僕射朱整奏付尚書郎摯虞討論之虞表所宜增損條目改正禮新昔異狀凡十五事左氏傳晏子曰二惠競爽猶可無以仰摸淵旨取則後昆尚書曰以義制事以禮制心垂裕後昆每荒服請罪遠夷慕義宣威授指寔寄宏略理積則神

無忤往事感則悅情斯來無是己之心事隔於容諂罕愛憎之情理絕於毁譽造理常若可干臨事每不可奪約己不以廉物引量不以容非魏文帝典論曰君子謹乎約己引乎接物魏志孟康薦崔林曰體高雅之引量謝承後漢書郎顗章曰陛下寬不容非攻乎異端歸之正義論語曰攻乎異端斯害也已公生自華宗世務簡隔魏志曹植上疏曰華宗貴族必應斯舉漢書曰嚴安徐樂上書言世務至於軍國遠圖刑政大典既道在廊廟則理擅民宗若乃明練庶務鑒達治體潘尼潘岳碣曰君深達治體垂化三宰懸然天得不謀成心求之載籍翰牘所未紀訊之遺老耳目所不接至若文案自環主者百數皆深文爲吏積習成姧漢書曰張湯務在深文拘守職之吏應劭風俗通曰積習而成不敢

獨否蓄筆削之刑懷輕重之意漢書曰今有司請定法削即削筆即筆服虔曰言隨君意也又曰嚴延年爲涿郡太守掾趙繡按高氏即爲兩劾欲先白其輕者觀延年意焉怒乃出其重劾公秉理照物動必研機晉中興書謝安石上疏曰王恭超登清任當虛心秉理周易曰夫易所以極深研幾當時嗟服若有神道周易曰聖人以神道設教而天下服矣豈非希世之雋民瑚璉之宏器汝南先賢傳曰謝子微高才遠見許劭年十八時乃歎息曰此希世之偉人也論語子貢問曰賜也何如子曰汝器也曰何器也曰瑚璉也昉行無異操才無異能得奉名節迄將一紀魏志董昭謂太祖曰明公樂保名節而無大責一言之譽東陵侔於西山一眄之榮鄭璞踰於周寶路粹爲曹公與孔融書曰邈一言之譽者計有餘矣莊子曰伯夷死名於首陽之下盜跖死利於東陵之上彼所殉仁義也則俗謂之君子其所殉貨財也則俗謂之小人其所殉一也司馬彪曰東陵陵名今屬濟南也法言曰

夷齊無仲尼則西山餓夫列子曰吾師老商氏三年之後始得夫子一眄而已戰國策應侯曰鄭人謂玉之未理者爲璞周人謂鼠之未腊者爲璞周人懷璞過鄭問賈曰欲買璞乎鄭賈曰欲之出其璞示之乃鼠也因謝而不取高誘曰理治〻鼠未爍腊者號之爲璞尚書曰弘璧琬琰在西序孔安國曰皆歷代傳寶士感知己懷此何極曹植祭橋玄文曰士死知己懷此無忘出入禮闈朝夕舊館十州記曰崇禮闈即尚書上省門崇禮東建禮門即尚書下舍門然尚書省二門名禮故曰禮闈也瞻棟宇而興慕撫身名而悼恩孫卿子孔子謂哀公曰吾入廟仰視榱棟俛見几筵君以此思哀則哀將焉而不至矣公自幼及長述作不倦仲長子昌言曰子長班固述作之士固以理窮言行事該軍國豈直彫章縟采而已哉說文曰縟繁也彩色也若乃統體必善綴賞無地王彪之賦曰於是乎統體而詠之雖楚趙羣才漢魏衆作曾何足云曾何足云楚有屈原趙有

荀卿漢則司馬楊雄魏則陳思王粲昉嘗以筆札見知思以薄技效德陸機表詣吳王曰臣本以筆札見知淮南子曰齊伐楚市偷進謂楚將子發曰臣有薄技願而行之是用綴緝遺文求貽世範表宏三國名臣贊序曰風軌德音爲世作範爲如干秩如干卷所撰古今集記今書七志爲一家言不列于集集録如左

文選卷第四十六

賜進士出身通奉大夫江南蘇松常鎮太等處承宣布政使司布政使胡克家重校刊

傳古樓景印